集英社オレンジ文庫

威風堂々悪女 11

白洲 梓

本書は書き下ろしです。

威風堂々悪女 11

もくじ

威風堂々悪女 11

一章

「では、ひとつだけ引いてくれ」

飛蓮《ひれん》が、四枚の札を並べて示す。

じーっと札を見つめ、燗流《かんる》は右手をふらふらと左右に行ったり来たり彷徨《さまよ》わせた。やがて意を決したように、一番左端の札を選び取る。

裏返すと、札には流麗な文字で『残念』と書かれていた。

「……またか」

「もはや狙っているんじゃないですか」

飛蓮と潼雲《どううん》は、感心しつつも呆れたように言った。

残りの三枚の札を裏返すと、すべてまっさらで何も書かれていない。

「四枚中外れは一枚だけ。それなのに十回引いて十回とも外れを引き当てるとは……」

腕を組んで唸《うな》る飛蓮に、燗流は諦観《ていかん》した様子で「なんだかとても既視感《きしかん》のある光景です」と呟《つぶや》いた。

一行は船でツァガーン川を上りながら、シディヴァの所領を目指している。

ネジャットが用意した船はもともと彼が持つ交易船で、船倉には西域《せいいき》の酒や香辛料《こうしんりょう》が積み込まれていた。彼は瑯《ろう》の望みに気前よく応じ、ついでにアルスランで品を売り捌《さば》いてくるようにと部下に命じたのだった。

甲板《かんぱん》で忙しく動いている船員たちを横目に、三人は端のほうで座り込んでいる。時間を持て余した飛蓮と潼雲は、雪媛《せつえん》の主張する燗流の運の悪さというものを確かめようとしていた。雪媛たち一行は客人扱いで、船旅において特にすることもなく、とにかく手持ち無《ぶ》沙汰《さた》なのだ。

「納得していただけました？」

「むぅ……面白いを通り越してちょっとつまらないじゃないか、これは。結果の見えた勝負なぞ味気ないものだ。むしろなんとか、なんとか当たりを引かせたい……！」

「飛蓮殿、意味不明な我《わ》が儘《まま》を言わないでください」

「天祐《てんゆう》がもっと傍《そば》にいれば、また違う結果になるかもしれません」

少し考えるように燗流が言った。

「俺が船に乗ると、その船は大抵沈没するか、よくて嵐に遭《あ》うとかなんですよ。奴隷として売られた時に押し込まれた船も難破《なんぱ》して、まぁ港の近くだったんでなんとか助かったんですけど。今、この船が無事に航行できているのは、天祐がいるからだと思います」

天祐は少し離れた場所で、瑯に弓の引き方を習っている。

「なるほど。天祐は燗流殿とは逆で、強運の持ち主だということでしたね」

「よし、試してみるか。――おおい、天祐！」

飛蓮が声をかけると、天祐がぱっとこちらを振り向く。

「こっちで一緒に遊ばないか」

「何して遊ぶの？」

軽い足取りで駆けてくる。

「ちょっとの間、燗流の傍にいてほしいんだ」

そうして燗流に、再び札を引かせる。

すると、初めて当たりの白紙が出た。

「！　出たぁ！」

「おおお、もう一回！」

また十回ほど繰り返し、結果、燗流は当たりを七回引き当てた。

「あからさまに結果が変わりましたね」

「ふーむ、もう少し検証してみよう」

飛蓮は燗流に引かせていた札を、二枚だけ残して置いた。

「天祐、俺と勝負しよう」

「勝負？」

「ここに二枚の札がある。片方にだけ『残念』と書いてある。十回連続で当たりの白紙を引いたら、天祐の勝ちだ。天祐が勝ったら、言うことをなんでも聞こう――燗流が」

燗流が「え？」と飛蓮を見るが、気に留《と》めず飛蓮は札を幾度も入れ替える。それを天祐に向かって差し出した。

「さぁ、どうぞ」

「うーん……じゃあこっち！」

天祐が裏返すと、白紙だった。当たりである。

瑯が後ろから興味深そうに覗《のぞ》き込む。肩にとまっていた小舜《しょうしゅん》が、傍にいた燗流の頭をつついた。

「痛い、痛い。――瑯殿、この烏《からす》はいつまで俺を敵と見なすんですか」

瑯が燗流に対して悪感情を持って以来、呼応《こおう》するように小舜は燗流を見るとすぐにつつきだすようになった。その後、燗流が完全に芳明《ほうめい》から距離を取ったことで瑯はある程度警戒を解いたが、小舜だけは相変わらずだ。

「むしろ、おまんを気に入っちゅうんと思うぞ」

「気に入る……」

燗流は疑わしげに烏に視線を向けた。

「……あー、そういう感じですか。愛があれば何をしてもいいというわけではないと思いますよ、俺は」

そんな彼らのやりとりを背に、結局天祐は、十回連続で当たりを引いてみせた。

「やったー！」

「飛蓮殿、これ本当に外れ入ってます？　実は両方白紙とか言いませんよね？」

潼雲が不安そうに呟き、天祐が選ばなかった札をひっくり返した。ちゃんと『残念』と書かれている。

飛蓮は目を輝かせながら、天祐の肩をわしりと摑んだ。

「天祐。賭場《とば》というとても楽しい遊び場があるんだが、今度お兄さんと一緒に行こうじゃないか」

「悪い顔です飛蓮殿！」

その様子を少し離れた場所から眺めていた雪媛は、くすくすと愉快そうに笑う。川面《かわも》を滑っていく心地の良い風が、その艶《つや》めく黒髪を揺らした。

芳明は自分の息子の才能を改めて認識したようで、複雑そうな面持《おもも》ちだ。

「こんなにあからさまだと思っていませんでした。時々、運のいい子ね、って思うことはありましたけれど」

「そのお蔭《かげ》か、今のところ船旅は順調だ。追い風も吹いて、予定より一日も早く進んでる」

「ですが、そのシディヴァ様の領地まで船で直接は行けないのですよね？」

「そうだな。近くで船を降りて、馬を調達して陸路を行くしかない。私が逃げ出したことはまだカガンに伝わっていないとは思うが、彼らが言うところの南人《なんじん》である我々がクルムの領内で動き回っていればどうしても目立つだろう。できるだけ密《ひそ》かに進めればよいが……」

今度は瑯が札当てに挑戦するらしかった。

二枚の札から、一枚だけを選ぶ。

「こっち」

当たりを引いた。

二回目。

「こっち」

また当たりだった。

五回連続で当たりを引いたところで、飛蓮が困惑《こんわく》したように首を傾《かし》げ、十回連続で当たりを引いた時には潼雲が、「まさかお前も……?」と信じられない様子で瑯に詰め寄る。

「瑯兄ちゃん、すごーい! こんなの僕以外に初めて見た!」

嬉しそうに天祐が抱きついた。

「匂《にお》いでわかっただけちゃ」

「匂い?」

「墨の匂いがせんほうを選んだ」

潼雲は「墨の匂い?」と外れの札を手に取って鼻に近づける。そしてしばらく嗅《か》いで、遠ざけてみて眉を寄せ、

「わかるかそんなもん!」

と放り投げた。

「お前、本当に五感が動物並みだな」

「匂いかぁ、盲点だったな。よし、今度は当たりにも墨を入れるからそれでもう一度やってみよう」

飛蓮はうきうきしながら、白紙の札に「当たり」と書き込む。

和気藹々《わきあいあい》とした彼らを見つめながら、雪媛は自分を包む懐《なつ》かしくも優しい空気を感じていた。それは、もう遠く離れてしまった瑞燕国《ずいえんこく》の息吹《いぶき》のようにも思える。

玉瑛《ぎょくえい》を追い詰めた国。この手で変えるしかないと決意した国。

愛《いと》しいなどと思ったことはなかったはずだ。しかし、この郷愁《きょうしゅう》はなんだろうか。

そこには、自分が道を過《あやま》たせた者たちがいる。

芳明たちから聞いた彼らの現状は、否《いや》が応《おう》でも心の奥底をざらつかせた。碧成《へきせい》も珠麗《しゅれい》も、玉瑛の記憶を持つ自分が存在しなければ、こんなことになってはいなかったはずだ。

それでも今は、シディヴァの、そして青嘉《せいか》のもとへ一刻も早く辿《たど》り着きたかった。ナスリーンは無事なのか、純霞《じゅんか》たちは――。

ふと、違和感を覚えて視線を巡らす。

船が減速している気がした。

「なんでしょう、あれ」

進行方向に目をやり、芳明が不安そうに呟いた。

広い川幅を横切るように重なり合いながら、何艘《なんそう》もの船が水面《みなも》を埋めて行く手を阻《はば》んでいる。その先には木造の橋がかかり、並び立つ旗が風に揺らめいていた。

黄の旗に描かれているのは、鹿の角と鷲《わし》の翼を持つ想像上の獣。

それは、アルスランで目にしたことのあるものだった。

「――クルムの、カガンの軍だ」

「えっ」

芳明が不安そうに表情を曇らせた。

橋の両岸には兵が居並んでいる。彼らは船を止め、ずかずかと上がり込んでは中を検分し、人や荷を調べているようだった。

船員が、近くに停まっていた船へと声をかけた。

「何かあったのか？」

「ああ……クルムの軍が、ここを通行する船をすべて検《あらた》めているんだ。クルムは戦《いくさ》ですっかり殺気立っているな」

「戦が起きているのか？」

「なんでも左賢王《さけんおう》が謀反《むほん》を起こしたとかで、追討《ついとう》軍が遣《つか》わされたそうだ。それで、領内に出入りする船の荷や船員の人相まで、念入りに調べられるらしい。おかげで船が滞留《たいりゅう》して、身動きが取れない。相当時間を取られるのを覚悟したほうがいいぞ。――まったく、荷が腐ったらどうしてくれるんだか」

商人らしき相手の男は、ぶつくさと不満そうだ。

「雪媛様、これは」

駆け寄ってきた潼雲が、周囲を警戒するように視線を巡らせる。

「出入りする者に、かなり目を光らせているようだな」

「引き返しましょう。どこかで船を降り、陸路で進めば……」

「ここで引き返せば怪《あや》しまれる。向こうからはすでに、この船は丸見えだ」

「ですが、このままでは」

飛蓮が進み出る。

「雪媛様はどうか船倉の荷の中へお隠れになってください。その間に、兵を金で買収してみます」

雪媛は岸辺に並ぶ兵と、その後方で草を食《は》んでいる馬の群れに視線を向けた。

前方の船に乗り込んだ兵士たちは、甲板に積まれた櫃《ひつ》や壺の中まで覗《のぞ》き込んでいる。縄を打たれた人々が、兵に促《うなが》されて降りてくる船も多い。恐らくティルダードで購入した奴隷を、アルスランで売るつもりなのだ。

「荷の中まで確認している。隠れているのが見つかるのは時間の問題だろう」

「しかし、万が一雪媛様の顔を見知った者がいないとも限りません。姿を見られるのは避けなくては」

雪媛は少し考え込む。

「……このあたりは、ティルダードから来た船も多そうだな」

「ええ、そのようです」

「ならば、よくある積み荷に紛《まぎ》れるとしよう」


ついに雪媛の乗る船が検められる順番が巡ってくると、乗り込んできた兵士が横柄《おうへい》に声を上げた。

「全員船から降りろ。荷はなんだ？　目的地は？」

「香辛料と酒、それと、客を乗せています。アルスランへ向かう予定です」

ネジャットの部下が、クルムの言葉で説明する。

「あれは？」

兵士は彼の肩越しに、腕を縛られ蹲《うずくま》っている女たちと子どもに目を向けた。

「客が連れている奴隷です。アルスランで売りたいというので」

雪媛は芳明と天祐とともに、甲板の片隅で顔を伏せて俯《うつむ》いていた。奴隷らしく手首を縄で縛られてはいるが、すぐに解けるように緩く巻きついているに過ぎない。

雪媛たちの傍には、『客』を装《よそお》った飛蓮とその使用人として潼雲が、そして奴隷の見張り役として、武器を手にした瑯と燗流が控えている。

「お前たち、南人か」

船員に通訳してもらった飛蓮は、優雅な笑みを浮かべながら兵士に近づいた。

「はい。南は戦続きで将来が見込めませんので、噂に名高いクルムのカガンのお膝元《ひざもと》で商《あきな》いができればと思ってまいりました。それにしても大変ですね、通行する船をすべて確認されているのですか？　ご苦労様でございます。――どうぞこちらを」

合図を受け、潼雲が銀の入った袋を恭《うやうや》しく差し出す。

兵士は袋を受け取ると、その重さを片手で確認し満足そうな表情を浮かべた。

乗客は全員、一度船を降りるよう命じられた。雪媛は暗い表情で項垂《うなだ》れ、奴隷としての未来を憂《うれ》う女を演じつつ、でき得る限り顔を見られないようにする。対照的に前を行く芳明は堂々と顔を上げ、兵士たちにこれみよがしに微笑みかけた。自然と兵士たちの視線が彼女に集中するのがわかる。

できるだけ目を引いてほしい、と芳明に頼んだのは雪媛だったが、あまりやり過ぎないでほしいと思う。見張り役の瑯が、今にも兵士たちに噛みつきそうな顔をしている。

「皆さまお疲れでしょう。これは西域でも珍しい貴重な酒なのですが、よろしければ」

船を降りるとネジャットの部下はそう言って、この隊を率いていると思《おぼ》しき男に愛想よく近づいた。手にした杯《さかずき》に、酒をなみなみと注いで差し出す。

「船倉にまだたっぷりございます。皆さままでどうぞご賞味ください」

恐らくこれまでの船でも、似たようなやり取りがあったのだろう。男は酒を味わうと、慣れた様子で「酒を運び出せ」と命じた。

袖《そで》の下や上等の酒が効を奏して、雪媛の乗る船に対する検めは徐々に大雑把《おおざっぱ》なものになっていった。

オチルの軍とはいっても、戦に参加せず検問を命じられるような後方の末端部隊なのだろう。顔を伏せながら蹲り、雪媛はそっと息をつく。

これならば、問題なく通過できそうだ。

(それでも恐らく、検問はここだけではないはず。早めに船を降りて陸路を進むほうがよさそうだ)

ふと、視線を感じた。

顔を伏せながらも、ちらりと注意深く周囲を探る。

一人の兵士が、こちらを怪訝《けげん》そうに見つめているのに気がついた。

彼はじっと雪媛の顔を探るように注視しながら、隣の兵士に何事か耳打ちしている。

じわりと汗が滲《にじ》んだ。

顔を背《そむ》け、さらに俯く。

「どうかなさいましたか？」

芳明が気遣うように囁《ささや》いた。その声に、少しだけほっとする。

今はもう、一人ではないのだ。

「……私を見ている者がいる。何か気づかれたかも」

足音が近づいてくるのがわかった。

芳明は雪媛の姿を隠すように、さっと身を乗り出す。

「おい、そこの女」

声をかけられたが、雪媛は顔を上げない。代わりに芳明が、

「あら、何か御用？」

と共通語で愛想よく返した。

「お前じゃない、そっちの女だ。どけ」

「きゃっ」

押しのけられた芳明が、小さく声を上げた。瑯が恐ろしい形相《ぎょうそう》で男に摑みかかろうとす

るのを、爛流が慌《あわ》てて遮《さえぎ》る。

「顔を見せろ」

言葉がわからないふりをして、俯いたまま黙りこくる。

正体が気づかれたのだろうか。もしかしたら、オチルの前で舞を踊った雪媛を見ていたのかもしれない。

焦《じ》れたように腕が伸びてきた。そこへ、爛流が間に割って入る。

「旦那様の商品です、触らないでください！」

与えられた役柄を律儀《りちぎ》に全《まっと》うした台詞《せりふ》だったのだが、残念ながら共通語だったため彼らには伝わらなかった。

それでも、自分たちに歯向かう生意気なやつだということは認識したらしい。兵士たちは不愉快そうに、爛流に向かって剣を抜いた。緊張が走る中、瑯が小さく口笛を吹いて腕の上の小舜を空へ放つ。

どけ、と脅《おど》されても、爛流は引かなかった。瑯も並び立ち、威圧的に彼らに対峙《たいじ》する。

（ここで騒ぎを起こしたくはない。でも正体が露見《ろけん》したのなら、逃げるしかない……）

突然、甲高《かんだか》いいななきが響き渡った。

川辺《かわべ》で水を飲み草を食んでいた一頭の馬が、ひどく興奮し始めたのだ。その大きな体には、黒い影がちらちらとまとわりついている。

小舜だ。執拗《しつよう》に馬の周囲に付きまとっては、あちこち嘴《くちばし》でつつき回していた。なんとかその煩《わずら》わしさから逃れようと首をぶんぶんと振って跳ね回る馬に、周囲の仲間たちも驚いている様子だ。

鳥が、馬の臀部《でんぶ》を思い切り突いた。悲鳴を上げた馬は、堪《こら》え切れなくなったように群れの中からぱっと飛び出す。

近くの兵士が慌てて取り押さえようと腕を伸ばした。しがみついて跨《また》ろうとするが、暴れ回る巨体に弾《はじ》き飛ばされ、地面に音をたてて転がり落ちてしまう。興奮した馬はそのままっすぐに、こちらに向かって突進し始めた。

燗流と瑯を威嚇《いかく》していた兵士たちが、驚いて背後を振り返る。

「雪媛様！」

危険を悟り、芳明が雪媛を庇《かば》うように身を乗り出した。

しかし、雪媛にはなんとなくわかっていた。あの馬が、何に向かっているのか。

「——あ、まずい」

燗流がぼそっと呟く。

そろそろと後退《あとずさ》ると、人のいない方向を見定め、全速力で駆け出した。

「おい、お前！　どこへ行く！」

兵士の怒鳴り声が響く。

するとと馬は突然、雪媛たちの前で急旋回した。

そしてそのまま、燗流を追いかけるようにその後に続く。

「あああああ」

燗流は叫び声を上げながら、必死の形相で縦横無尽《じゅうおうむじん》に駆け回った。それを追うように、暴走する馬が続く。途中、幾人かの兵士を木の葉のごとく撥《は》ね飛ばしたが、勢いは衰《おとろ》えない。

先ほど振る舞われた酒を飲んでくつろいでいた兵たちが、異変に気づいて立ち上がった。その動きは大層緩慢《かんまん》で、のろのろと精彩を欠いている。あの酒は、飲みやすい口当たりだが相当に強い酒なのだ。

混乱する兵士たちに系統だった動きができる気配はない。そして、すぐ傍には軍馬たちが鞍《くら》をつけた状態で密集している。

それらをすかさず確認し、雪媛は勢いよく立ち上がった。

「まったく、お前には本当に助けられるな、燗流！」

雪媛は腕を縛っていた布をぱっとほどくと、鋭く声を上げた。

「潼雲、飛蓮！　ついてこい、馬を奪う！」

「え⁉」

言うや否《いな》や、雪媛は残された馬の群れに向かって走り出す。二人も驚きながらその後を追った。

もはや穏便《おんびん》にこの場を去るのは無理だ。船は捨てるしかない。

「瑯！　芳明と天祐を先に馬に乗せろ！」

瑯は芳明と天祐をひょいと抱《かか》え上げ、雪媛たちに続いた。

兵士が数人、向かってくる雪媛たちに気づいて剣を構える。

「お前たち、勝手にどこへ行く！　止まれ！」

「どけ！」

潼雲が声を上げて剣を振り下ろし、二人続けて斬り伏せた。先んじて馬に手をかけた飛蓮は、自分に飛びかかってきた兵士を殴りつけて引き剝《は》がす。その隙《すき》に瑯は芳明と天祐を馬に乗せ、迫ってきた兵士に矢を放った。

雪媛はひらりと一頭の馬に跨る。

川岸から広がるこんもりとした木立を指し、

「あの森へ入れ！　急げ！」

と命じると、一気に駆け出した。

しかしそれは森とは逆方向で、芳明が「雪媛様⁉」と驚きの声を上げる。

「お前たちは先に行け！」

水上では、この混乱に乗じ検問を無視して突破しようとする船がそこここに見受けられた。それに気づいた兵士たちが、「待て！」と怒りながら叫んでいる。

そんな中を駆け回る暴れ馬は、執拗に燗流に向かって突進していた。彼らが前後して橋の上を横切っていくので、立てられていた旗が次々となぎ倒されていく。

怒号と悲鳴、馬のいななきがひっきりなしにあちこちから響く。先ほどまでは倦《う》んだ空気に取り巻かれていた川辺は、砂埃《すなぼこり》が舞い上がりすっかり混乱の坩堝《るつぼ》と化していた。

「燗流！」

雪媛は速度を上げた。

雪媛の声が聞こえているのかいないのか、燗流は叫びながら右へ行ったり左へ行ったり、なんとか馬を撒《ま》こうとしている。

そして突然、橋の上から勢いよく川に飛び降りた。

ちょうど検問を無視して進み始めた船が、橋脚の間を通過していく。燗流はその甲板に音を立てて倒れ込んだ。

突然降ってきた人間に、船員たちが驚いている。しかし彼らの表情は、すぐに強張《こわば》り青ざめた。

燗流に続き、今度は馬の巨体が落下してきたのだ。悲鳴が上がった。

船は前後左右に大きく揺れ、その影響で川に立った波が周囲の船をも巻き込んで大きく揺さぶる。燗流は身体を起こすと、ぐらぐらと揺れる船から慌てて隣の小舟へと飛び移った。

しかし馬も諦《あきら》めない。もはや暴れ馬ではなく、完全に燗流へ向かうことになんらかの意義を見出《みいだ》しているとしか思えなかった。後を追って甲板を蹴って跳躍する。

進退窮《きわ》まった燗流は、意を決したように川へと身を躍《おど》らせた。こうした事態に慣れているだけあって、躊躇《ちゅうちょ》がない。

一方の馬は自《みずか》らも飛び込もうかどうしようかと、若干《じゃっかん》思案するように船上で足踏みしている。

必死で川を横断した燗流は、息を切らしながらなんとか岸へと上がることに成功した。肩で息をしながら、今も自分を見据える船上の馬を振り返り、うんざりしたように大きく息をつく。

ともかく逃げ切った燗流に、雪媛は安堵《あんど》した。背後を確認すると、潼雲たちが馬で森の繁みへと駆け込んでいく姿があった。

疲労困憊《こんぱい》で動けずにいる燗流のもとへ向かおうと、雪媛は馬首《ばしゅ》を巡らせた。あとは彼を連れてここから抜け出さなくてはならない。

ひゅっと、耳元を矢が掠《かす》めた。

馬を強奪した彼女を追って、馬に乗った兵が三騎、迫っている。

上体を屈《かが》め、雪媛は一気に駆けた。その間にも、追ってくる矢が次々に勢いよく地面に突き刺さっていく。

「――燗流！」

身を乗り出し、蹲っているずぶ濡れの男に手を伸ばした。

「乗れ！」

気づいた燗流が、慌てて地面を蹴る。

彼が馬に飛びついた途端、先ほどまでと比べ物にならぬほど雨のように矢が降り注ぎ始めた。

逃れるように駆けるが、ようやく態勢を立て直し始めた兵士たちが一斉にこちらに狙いを定めて鏃《やじり》を向けていた。

「だめです！　俺がいると、この馬めがけて矢が飛んできます！」

雪媛の後ろで、腹ばいになって馬にしがみついている燗流が叫んだ。

ネジャットの余興の際、舟の上で燗流のいるほうに吸い寄せられるように矢の軌道が変わったのを思い出す。そういうことなのだろう。

「摑まっていろ!」

雪媛は馬の腹を蹴り、さらに速度を上げる。

「俺は置いていってください! 多分なんとかなりますから!」

「だめだ!」

「でも俺と一緒にいたら、雪媛様が危険です!」

風を切る音が、耳に直《じか》に伝わってくる。

その中には兵士たちの怒号、馬のいななく声が入り乱れていた。それに負けないよう、雪媛は声を張り上げた。

「あの洪水の時、お前を行かせたことをずっと後悔している。お前には人を救う力があるが、私はお前を救いたいんだ!」

息を呑んだように、燗流は黙り込んだ。

木立が近づいてくる。なんとかあそこまで逃げ込めれば。

わずかに、肩を矢が掠めた。

痛みに、ぐっと眉を寄せる。

「——ちょっと、失礼します」

その声が聞こえた途端、力強い手が雪媛の腰に回された。

燗流はそれを支えに不安定な馬上でなんとか上体を起こし、両足でしっかりと跨る。ようやく体勢を整え、ふうと息をついた。

「できるだけ、頭を下げていてください」

言われた通り、雪媛は上体を低くした。そこへ背後から覆《おお》いかぶさるように、燗流が身を寄せる。その姿勢のまま、向かってきた矢を剣で懸命に叩き落とした。

降り注ぐ矢が、視界の端を通り過ぎていく。

しかし、怖くはなかった。自分に当たる気がしない。

背中に感じる熱が、どんな大きな盾《たて》より、どんな高い壁よりも頼もしかった。

二人を乗せた馬が森へと駆け込むと、射かけられた矢は木々に跳ね返った。

前方に、騎影《きえい》が二つ待ち構えている。潼雲と瑯だ。瑯が弓を引き、雪媛の背後に迫っていた兵士を射落とした。

「ここは俺たちが！　そのまま森を抜けてください！」

すれ違いざま、潼雲の声がする。

「頼むぞ！」

剣を手に、潼雲が敵へ向かって切り込んでいく。

雪媛を乗せた馬は、そのまま駆け続けた。

唐突に暗い森を抜けると、一気に視界が開ける。なだらかな丘が連なる、広大な草原が現れた。

「雪媛様！」

その場に留《とど》まり待っていた飛蓮が、安堵するように声を上げた。一緒にいた芳明と天祐も、ほっとした表情を浮かべている。

背後に追っ手の気配がないことを確認すると、雪媛はようやく馬を止めた。

「燗流、無事か？」

「はぁ、なんとか」

「気づかぬうちにお前の背中が矢で埋め尽くされはしないかと、ひやひやしたぞ」

「多少は掠りましたが、平気です」

「結局、またお前に助けられたな」

すると燗流は、少し考えるように頭を掻いた。

「……俺の不運の巡り合わせを打ち消すには、天祐みたいな幸運の塊《かたまり》のような存在が必要なんだと思っていました。そういう人に出会えれば、この運命から逃れられるんじゃないかと」

燗流はそう言いながら、よいしょと馬を降りた。

「でも、違ったようです」

どうぞ、と手を差し出され、雪媛はその手を取って身を躍らせた。

支えられながら、ふわりと地上に足をつける。

燗流は妙に、さっぱりしたような笑みを浮かべていた。

「あなたのような方がいれば、それでいいんです」

労《いたわ》るように、血の滲んでいる雪媛の腕を取る。

「怪我をさせてしまい、すみません」

「大した怪我じゃない」

「これからは——俺が盾になります」

雪媛は少し意外な思いで、燗流を見上げた。

「だから、どうか雪媛様の傍に置いていただけませんか」

目の前の男は、常に周囲の状況に流されるまま、身を委《ゆだ》ねるようなところがある。そしてそれを拒《こば》むことはなく運命として受け入れている、そんな人物だと思っていた。

そんな彼が、こんなふうにきっぱりと、自分の意志に基《もと》づいて発言するのを初めて聞いた気がした。

いつになく真摯《しんし》な表情の燗流を、じっと見つめる。

そして唇を尖《とが》らせ、じろりと睨みつけた。

「何を言う」

燗流は少したじろいだ。

「あ……だめですか?」

「お前を傍に置きたいと思ったのは、私のほうが先なんだからな!」


夏の日が傾き、黄みがかった空の色が彼方《かなた》に望む山の輪郭《りんかく》をくっきりと映し出す頃、潼雲と瑯が無事に姿を見せた。大きな怪我もなく戻った二人を迎えながら、誰も欠けることがなかったと雪媛は心からほっとする。

「追っ手はすべて斬り伏せました。しかし検問を破って馬まで盗んだわけですから、このまま放っておかれはしないはず。できるだけ早く、この一帯から離れましょう」

「馬があと一頭欲しいところだが……」

燗流を雪媛の馬に乗せてここまで来たが、これからの長い行程で二人乗りでは馬に負担をかけてしまう。かといって、戻ってさらに馬を盗み出すのは難しいだろう。

「ああ、それならちょうどそこに、もう一頭」

潼雲が指した先に佇《たたず》んでいたのは、先ほど散々に燗流を追いかけ回したあの馬であった。木立の間からのそりと姿を現すと、燗流はげんなりと肩を落とした。

「しつこい……」

しかし襲いかかってくる様子はなく、すっかり落ち着いてる。

瑯が気軽な様子で近づき、鼻面《はなづら》を撫でてやった。おとなしく撫でられている。

そのまま手綱を引かれても、嫌がる素振りもない。燗流は警戒して、一歩後退った。

機嫌を伺《うかが》うように馬の首を撫でながら、瑯はその瞳を覗き込む。

「こいつは、燗流が好きなんやろう」

「………」

「やき、追いかけてきたがじゃ」

燗流は納得のいかない様子だ。

「愛があれば何をしてもいいというわけではないと思いますよ、俺は！」

小舜が、その頭を小突いている。

ともかく馬を獲得した一行は、そのまま北東へと向かうことにした。はっきりとした道はわからずとも、シディヴァの所領は間違いなくその先にある。

いまだ南方に位置しているためか、夜の冷え込みがそこまでひどくはなく、火を焚《た》いてどうにか寒さをやり過ごすことができたのは不幸中の幸いだった。とはいえなんの準備もなく放り出された恰好《かっこう》で、水と食料の確保は必要だ。人目を避けて進むため、集落があっても頼るわけにはいかない。

一行は水場を探し、獲物《えもの》を狩りながらじりじりと進んでいった。


「クルムの左賢王とはどのような人物なのです？」

太陽が高い位置から降り注ぎ、馬を並べて進む雪媛たちの足下に黒々とした影を落としている。陸路を進み始めて三日目、潼雲がそう尋ねた。

「噂によれば鬼神のごとき将であるとか。それほどの御仁《ごじん》ですか」

興味津々《しんしん》の様子に、雪媛は微笑を浮かべる。強い武将と聞けば気になるのだろう。

「そうだな……私は戦場での姿は見たことはないが、クルムの勇猛な男たちが皆一様に敬い従っているのを見れば、その力は間違いないのだろう。クルムでは強さがすべてだ。強いものが生き、弱いものは消えるのが草原だ、と本人もよく口にしていた。生まれによって地位を得たのではなく、強いからこそ左賢王として君臨している。——ああ、十歳の時に一人で狼の巣に放り出されて、その狼をすべて殺して戻ってきたらしいぞ」

潼雲は目を丸くし、呆れたように「狼……?」と呟く。

「雪媛様を保護してくださったと聞きましたが、左賢王は本当に信用できるのでしょうか」

潼雲と馬を並べていた飛蓮が言った。

「父親であるカガンと争うことになるのを見越して、神女《しんじょ》である雪媛様を利用しようとしていたのでは。今回雪媛様を餌《えさ》に瑞燕国に交渉をもちかけたのはカガンでしたが、それは左賢王も同じ考えだった可能性もあったのではないでしょうか」

「さて、どうだろうな。だが少なくとも、私と青嘉はシディに助けられた。その借りを返すのはやぶさかではない」

飛蓮は少し意外そうだった。

「随分《ずいぶん》親しくなられたのですね。そのように愛称で呼ばれるとは」

「まぁ、そうだな」

「もしや、左賢王は雪媛様を自分の後宮《こうきゅう》に入れるつもりなのでしょうか?」

雪媛は一瞬ぽかんとした。

思わず噴き出す。

そういえば、シディヴァが女であるとは話していなかった。彼女の性別については、その目で見ないと信じ難《がた》いせいなのか、記憶にある限り風聞《ふうぶん》で触れられたことはまったくない。皆、当たり前のようにシディヴァを男だと思っている。

実際、雪媛も最初はそう思い込んでいたのだ。

「それはないな。シディには大事な伴侶《はんりょ》がいる」

「クルムでは複数の妻を持つのが一般的と聞きます。現在のカガンは側室を溢《あふ》れるほど抱えているとか。左賢王とて例外ではないでしょう」

「ああ……確かに、シディには妻と夫がいるな」

思い出したように雪媛は呟いた。

ナスリーンは自称ではあるが、周囲からはほぼ公認されているようなものだろう。

「は？」

潼雲と飛蓮が怪訝そうな顔をした。

「え？　妻と……夫？」

「まさか、クルムではそういった嗜好《しこう》が一般的なのですか……？」

戸惑う二人に、雪媛は肩を揺らして笑う。

面白いので、シディヴァに会うまでは勘違いしたままでいてもらおう。

「──焦《こ》げ臭《くさ》い」

すん、と鼻を鳴らして瑯が呟いた。

「どうかした？」

天祐と馬に乗っている芳明が、傍《かたわ》らの瑯に声をかけた。

「何ぞ、焼けた匂いがする」

雪媛は用心して手綱を引く。それに合わせて、全員がその場で馬を止めた。

周囲を見回す。どこかで鳥の鳴く声がする以外、特に変わった様子はない。自分の鼻では特に異状は感じないが、瑯がそう言うのであれば聞き流せなかった。

「見てくる」

瑯が一人、馬を駆って走り出す。先導するように小舜が空に舞い上がった。

潼雲と飛蓮、燗流が雪媛たちを囲み、油断なく全方位を警戒する。

「戦場が近いのかもしれませんね」

「もしも左賢王が劣勢であれば、東へ押し込まれているかもしれないな……」

雪媛は少し息を詰めた。シディヴァが死ぬという歴史上の筋書きは、今も変わらないのかもしれなかった。それが今日であってもおかしくはない。

やがて戻ってきた瑯は、「この先に小さな集落がある」と告げた。

「住人が殺され、天幕はすべて燃えちょった。襲われたのは数日前やろう」

瑯の案内で、雪媛たちは焼け滅びた集落へと向かった。

燃やされたユルタは、わずかに木組みが残るだけの残骸だった。あちこちに刺さっている矢を引き抜くと、瑯はしげしげと吟味《ぎんみ》してから自分の矢筒に収めた。己《おのれ》の備えとするつもりらしい。確かに今後の道程《みちのり》を思えば、矢は多いほうがよいに違いなかった。

遺体もそこここに転がっている。射られた者、斬られた者、子どもを守るように抱えたまま絶命する母親の姿もあった。

埋葬してやりたかったが、先を急がなければならない。雪媛は遺体に向かって、静かに手を合わせた。

その後も、行く先々で似たような状況に出くわした。

集落は焼け落ち、殺された住人たちの遺体が重なっている。戦乱の巷《ちまた》が間近に迫っているのを感じながら、雪媛はじわじわと不安になった。

シディヴァとオチルの争いは、どんな状況になっているのだろうか。

そこには青嘉もいるはずだった。

その日、夕暮れが迫る頃に行き着いた集落も同じような有様だった。雪媛は燃え落ちたユルタの残骸を前に佇んでいた。焦げ臭い匂いが乾いた風の中に漂い、つい先日までそこにあったはずの人々の営みの残り香《が》のように感じられる。

ここの住人は避難したのかそれとも連れていかれたのか、遺体はほとんど見当たらなかった。馬や羊は奪われたのだろう、空《から》になった柵ががらんと広がっている。

「そろそろ日が暮れます。近くに井戸がありましたし、今夜はここで野営をしましょう。向こうにひとつ、完全には燃えずに残った天幕があるようですから、火を焚けばかなりましかと――」

潼雲がそう言った時、瑯が「しっ」と声を潜《ひそ》め、慣れた身のこなしで弓を手にする。

「……人の気配がする」

ひとつだけ残っているユルタに向け、ぎりりと矢をつがえた。

扉が少しだけ開いたまま、わずかに風に揺れている。隙間《すきま》から覗いている内部は暗く、様子は窺《うかが》い知れない。

全員に緊張が走った。

芳明は両手で天祐を抱えた。雪媛を背に守るように、飛蓮が身構えて前に出る。

瑯は油断なく弓を構え、間合いを取っている。潼雲がじりじりとユルタに近づき、距離を詰めた。

剣を片手に、用心深く扉に手をかける。

彼が、ぱっと扉を開いた途端。

中から黒い影が飛びかかってきた。

潼雲は地面に転がり、人影がそれに覆いかぶさって揉《も》み合いになる。

鎧《よろい》を纏《まと》ったクルムの兵士だった。

さらにユルタからはもう一人飛び出してきて、剣を手に声を上げて突進してくる。

卿が矢を放とうと弦《つる》を引いた、その時だった。

「――射るな、卿！」

雪媛は声を上げた。

卿はぴくりと反応して、手を止める。相手はそのまま、手にした剣を卿に振り下ろした。

卿も剣を抜き、これに応戦する。

雪媛は飛蓮を押しのけ、彼らに駆け寄った。

「雪媛様⁉」

「やめろムンバト！　私だ！」

クルムの言葉で、声の限り叫ぶ。

途端に、卿と切り結んでいた人物はぱっと飛びのく。剣を構えたまま、警戒するように恐る恐る雪媛の顔を見つめた。

シディヴァのもとにいた少年、ムンバトだった。ぼろぼろになった鎧を纏い、衣《ころも》は泥と血で汚れている。

「…………、春蘭《しゅんらん》……？」

そこにいるのが見知った相手だとわかると、目を見開いて狼狽《ろうばい》する様子を見せた。

「なんで、ここに……」

「潼雲も、剣を引け。彼らはシディの――左賢王の兵だ」

潼雲は相手を押さえ込み馬乗りになりながら、剣を突きつけていた。雪媛の言葉に、まだ少し警戒しつつもゆっくりと身を引く。ただし、切っ先は向けたまま。

ムンバトは困惑したように雪媛と、そして見慣れない南人たちを見回す。

「春蘭、あんた――あ、いや、違うのか。本当は南人の皇帝の寵姫《ちょうき》だったんだよな？　本当の名前が、ええと……」

「雪媛だ」

「そうだ、雪媛。どうしてこんなところにいるんだ？　あんたはアルスランに囚《とら》われているって聞いて……」

「紆余曲折《うよきょくせつ》あって、逃げてきた。それより、どういう状況なんだムンバト。シディは？

近くにいるのか？」

　ムンバトは苦い表情を浮かべる。

「いや、俺たちは本軍からはぐれたんだ。この先に、仲間が二十人ほどいる。何か食糧がないかと思って探していたら、あんたたちが来るのが見えて、慌てて隠れて……」

「カガンとの戦になっていると聞いた。戦況はどうなっている」

「……シディヴァ様がかなり押されている。タルカン様はさすがに強い。一昨日《おととい》、突然側面から不意打ちの攻撃を受けて、俺のいた部隊は壊滅状態になって散り散りになったんだ。なんとか生き延びたやつらを掻き集めて、本軍に合流しようとしているんだけど……」

「ナスリーンは？　無事か？」

　それは何より気がかりなことだった。

　あの時、果たして本物の解毒《げどく》剤が得られたのか、そしてそれが本物であったとしても、きちんと回復することはできたのか。

「ナスリーンは純霞たちと一緒に、領内の夏営地《かえいち》に戻ってる。俺が出陣した時は、ずっと床《とこ》についててまだ起き上がることはできなかった。でもツェレンは、毒は抜けたから問題ないだろうって」

「……そう」

ほっと息をつく。

「青嘉も、戦場にいるよ」

その名に、ぎくりとする。

「シディヴァ様が兵を与えて、前線で何度も敵をなぎ倒してた。あんなに強いと思わなかったな」

「……そうか」

「雪媛様、お知り合いですか？　その者はなんと？」

潼雲に尋ねられ、雪媛は今聞いた話を翻訳《ほんやく》して皆に伝えた。

「なるほど……では戦場はここからかなり近いのですね」

「そのようだ。青嘉もそこにいる。なんとか合流したいが……」

雪媛は周囲を見回した。

「ムンバト、馬はあるのか？」

「俺の馬は死んだ。向こうに仲間の馬が七頭だけいる。馬が足りないのもあって、なかなか身動きがとれないんだ」

そう言うムンバトに案内されたのは、ごつごつとした白い岩が重なり合う大きな岩山の麓《ふもと》に広がる森の中だった。繁みの奥の窪地《くぼち》に辿り着くと、薄暗いそこには怪我を負った兵士たちが息を潜めるように隠れていた。

突然現れた雪媛たちを警戒し武器を手に取ったが、ムンバトが説明すると、安堵したようにそれを下ろす。よく見れば、雪媛も知った顔がいくつかある。そのうち半数は、大なり小なり怪我を負っているようだった。

「本軍はどのあたりなんだ？」

「あそこに見える山の向こう、もっと北だ。……でも、今はどうなっているかわからない。かなり奥まで攻め込まれてたんだ。もう移動してるかもしれないし、もしかしたら……」

すでに敗北し、殲滅《せんめつ》されているかもしれない。思わずそう考えて、しかし口には出したくなかったのだろう。ムンバトは俯いた。

するとそこに、偵察《ていさつ》に出ていたという二人の兵士が戻ってきた。

「西に敵がいる。三十騎ほどだ」

「西？　新手《あらて》か？」

「それが、どうやらカガン軍の一部のようだ。援軍にしては数が少なすぎるし、何かを探すようにうろついていた。今夜は向こうの川辺で宿営するようだった」

それを聞いて、思い当たるところのある雪媛は眉を寄せた。

「恐らく、私たちを追ってきた兵だ。ツァガーン川の検問を、無理やり突破してきたんだ。

馬も奪ってきたから、探しているんだろう」

「……ここが見つかるのは、時間の問題だな」

足を怪我して動けない様子の、年嵩《としかさ》の男がため息まじりに呟いた。誰もが言葉少なに、暗い表情を浮かべている。

「三十騎……今こちらで動けるのは十人程度だ。馬も足りない……」

ムンバトは項垂《うなだ》れる。

そしてふと、思い出したように顔を上げた。

「なぁ雪媛。あんた、神の声を聞くんだろう？　不思議な力を使って、敵国の皇帝を殺したこともあると聞いた。その力で、敵を倒せないのか」

雪媛は苦笑して、無言で首を横に振った。

残念ながら未来を知っていることは、ここでは何の役にも立たない。そもそもクルムについての知識は多くはなかったし、むしろ今必要なのは馬と兵力だ。

（青嘉がいたら――）

あの王《おう》青嘉将軍なら、どうするだろう。

玉瑛は、劣勢であっても活路を見出《みいだ》し、味方を勝利へと導いた将軍の英雄譚《たん》を聞くのが好きだった。希望のない自分のことも、彼なら方法を見つけて救い出してくれるのではないかと思えたからだ。

(馬鹿な娘だ。ただ待っているだけで、誰かが助けてくれることを期待していた……)

自分で動かなければ、何も変わらないのに。

(王青嘉が満足な数の兵を与えられずに、敵地に送り込まれた逸話《いつわ》が好きだったな。先生によくせがんで話してもらった。彼の出世を妬《ねた》む者の入れ知恵で、皇帝がわざと無理難題を言って……それでも勝利して戻った王青嘉は、その功績により将軍になった)

その時、王青嘉はどうやって窮地《きゆうち》を切り抜けたのだったか。雪媛は記憶を辿りながら、ゆっくりと視線を上げた。

木々の向こうには、先ほど横目に見上げた大きな岩山が覗いている。白みがかった背の高い岩壁がそそり立ち、草原を分かつ屏風《びようぶ》のような威容だ。

「……ムンバト、このあたりの地形は把握しているか?」

「ここに潜む前に、だいたい確認したけど」

一通りムンバトから説明を聞き終えると、雪媛はしばし無言で考え込んだ。

そして、背後を振り返る。

「――潼雲、瑯、飛蓮、燗流」

雪媛はゆっくりと一人ひとり、彼らの顔を見据えた。

「追っ手をここで仕留《しと》める。お前たちの力が必要だ」

二章

息を潜《ひそ》めるように夜を越し、空が白《しら》み始めると、雪媛《せつえん》はすぐにムンバトに案内を頼んだ。森の様子、岩山へ続く道、敵のいる川からの距離。それらをつぶさに確認する。

それで、心を決めた。

柳《りゅう》雪媛となって以来、自分が戦いの渦中《かちゅう》に身を投じるなどとは、考えたこともなかった。戦《いくさ》はあくまで男たちに任せ、自分は後方で采配を振るう。玉瑛《ぎょくえい》の知る、本物の雪媛が反乱を起こした時もそうだったはずだ。

だから今、こんな場所で馬上にいる自分が不思議だ。

「雪媛様、お考えは変わりませんか。何もご自身で指揮を執《と》らずとも……」

傍《かたわ》らで、潼雲《どううん》が不安そうにしている。

「お前たちでは、ムンバトたちと言葉が通じないだろう」

「それは、そうですが」

雪媛は振り返り、これから彼女が率いる者たちを見回した。潼雲、燗流《かんる》、それにムンバトとクルムの兵七名。

残りの兵と瑯《ろう》、飛蓮《ひれん》には、別の場所に待機してもらっている。芳明《ほうめい》と天祐《てんゆう》はその近くに身を潜ませていた。

「それに、もしお前が指揮したとしても、彼らは見ず知らずの異邦人には従うまいよ」

ムンバトたちがこの作戦を呑んだのも、雪媛が自《みずか》ら率いると宣言したからだ。シディヴァに馬で勝った実績から、彼らは雪媛を認めている。

「言っておくが、潼雲」

「はい?」

雪媛はおもむろに潼雲の手を引き寄せると、そのまま自分の顔にその掌《てのひら》をやんわりと添わせた。目を見開く潼雲に蠱惑《こわく》的な微笑みを向けながら、彼の手に頰を寄せる。

「この顔に、傷ひとつでもつけてもらっては困るぞ」

潼雲は硬直し、やがてじわじわと頰を染めた。

「——は、はい!」

手を放し、潼雲の後ろに控えている燗流に声をかける。

「燗流」

「はい」

「期待している」

「必ずお守りします」

雪媛は頷《うなず》き、クルムの兵士たちに向き直る。

「ムンバト、皆も準備はいいな？」

「いつでも」

ついこの間まではまだ幼さの残っていたムンバトの顔には、幾分戦《いくさ》を経《へ》た貫禄《かんろく》が加わっているようだった。少年の成長の早さに感じ入りながら、雪媛は「心強いことだ」と微笑む。

「――では、行くぞ」


川辺で休憩していたカガン軍の兵士たちは、突然射かけられた矢に驚き慌《あわ》てふためいた。低い山の向こうから姿を現したわずかな騎馬たちが、急斜面を駆け下ってくる。その馬がツァガーン川に置いた彼らの検問所から奪われたものだと気づくと、兵たちは色めき立った。

「いたぞ！　捕らえよ！」

馬に飛び乗り駆け出す彼らに対し、馬泥棒たちは逃げ出していく。

「追え！」

最も先頭で馬を駆る女の姿を確認し、彼らは下された命《めい》を思い出していた。

瑞燕国《ずいえんこく》で神女《しんじょ》と呼ばれた柳雪媛。

彼らのカガンが気に入り、その傍《そば》に置こうとしていたという女によく似ているらしいのだ。

先日、この柳雪媛を乗せて川を下った船に同乗していたはずの使者が、血まみれで川岸に打ち上げられているのが発見された。変事があったようだ、とアルスランには報告したものの、混乱する都から返事はない。

もしも目の前を駆ける女が本物の柳雪媛であれば、これを捕らえることは彼らにとって大きな功績となる。こんな辺境で退屈な仕事をさせられる下っ端《したっぱ》から、一気に昇格できることは間違いないのだ。

「女は殺すな！　必ず生かして捕らえよ！」

指揮官の指示に従い、兵士たちは彼女を取り巻く男たちめがけて矢を放つ。

しかし風向きが悪く、最後尾を走る男のほうにばかり矢が飛んでしまう。

逃げる一行は、白い岩山の麓《ふもと》に広がる森に駆け込んでいった。

「見失うな！」

木々の向こうに見え隠れする騎影《きえい》を追って、奥へ奥へと入り込む。やがて背の高い岩壁が現れ、その岩に挟まれた道を彼らが駆け上がっていくのが見えた。ついに追い詰めた。この先に、逃げ場はない。

右手は急な斜面が森へと続き、左手は垂直に高く聳《そび》える岩の絶壁だ。

殿《しんがり》の男めがけ、馬上から矢を放つ。しかし掠《かす》る程度で、致命傷を与えることができない。

先頭を行く兵士が輪にした縄を片手に、ひゅるひゅると回しながら狙いを定めた。その大きな輪には、人ひとりを搦《から》め捕《と》れるだけの直径がある。

彼が縄を放とうとした、その間際《まぎわ》。

突如《とつじょ》として、頭上から矢の雨が降り注いだ。何本かが馬の尻に突き刺さり、悲鳴を上げて身をよじる馬から地面に放り出される。

伏兵《ふくへい》がいたのだ、と指揮官は慌てて頭上を振り仰ぐ。弓を手にした人影が並んでいるのが目に入った。

倒れ込んだ馬を避けられず、続いた兵士も落馬した。狭い道は馬の巨体に塞《ふさ》がれ、前に進めなくなった兵たちの頭上から、次々に矢が飛んでくる。

矢を受け倒れる者、逃げるため道を引き返そうとして味方にぶつかり崖の下へと落下していく者、あちこちで断末魔《だんまつま》の叫びと悲鳴が上がった。

逃げていると思っていた相手は、こちらが思うように身動きできない場所へと誘い込んでいたのだ。その証《あかし》に、馬で先を行っていた敵が反転し、剣を手に襲いかかってきた。

「戻れ！　戻れー！」

後方に声をかけながら、彼は剣を振るった。

敵の刃《やいば》が兜《かぶと》を割り、ひどい衝撃を受けた。頭ががんがんとする。

その時、部下が声を上げ、縄の輪を放つのを視界の隅に捉《とら》えた。

急いで身を伏せる。頭上を、縄が通過した。

先ほど彼に一撃を加えた相手は、その輪に搦め捕られ空中に身を躍《おど》らせた。

崖の下へと落ちていく姿にやった、と思ったのも束《つか》の間《ま》。

彼は背後から斬られた。崩れ落ちそうになる寸前、血を吐きながらも最後の力を振り絞って自分を斬った相手に摑みかかった。


「——燗流！　潼雲！」

雪媛は急いで岩山の狭い道を下《くだ》りながら、声を上げた。

これは、王青嘉が少ない兵力で圧倒的な大軍に勝利した逸話《いつわ》を参考に、雪媛が考えた罠《わな》だった。

王青嘉は敵を逃げ場のない狭い谷間に誘い込み、その頭上から一斉に矢を射かけたという。結果、敵は敗走し、青嘉は無事に帰国することができた。

狭くてすれ違うことも困難な一本道へと敵を誘い込み、瑯や飛蓮、それに怪我《けが》をして激しい立ち回りが不可能なクルム兵たちが矢を射かけ、身動きできなくなった相手を仕留める——作戦はほぼ、目論見《もくろみ》通りに進んだ。最後尾にいた一騎が慌てて駆け戻ったのを取り逃がした以外、すべての敵を倒すことに成功した。

しかしその最中、投げ縄にかかった燗流と、敵と揉《も》み合いになった潼雲が斜面を転がり落ち、馬とともにそのまま森の中へと消えてしまったのだ。

横たわる敵の屍《しかばね》を飛び越えながら、雪媛は息を切らして山を駆け降りる。

「雪媛様、お待ちください！」

後ろから追いかけてくる飛蓮の声がする。

森へと分け入り、落ちたのはこのあたりだろうかと叢《くさむら》を掻き分ける。しかし二人の姿は、どこにも見当たらなかった。

「燗流……潼雲……！」

叫ぶ声は、静かな森の中にわずかに反響し、吸い込まれるように消えていく。

小舜《しょうしゅん》が鳴き声を上げ、一本の木にとまる。

はっとして駆け寄ると、その下には動かなくなった敵兵が倒れていた。

灌木《かんぼく》が生《お》い茂るその一帯を注意深く探すが、求めている人影はない。

「馬の足跡がある」

ムンバトが、細く流れる小川の近くでそれを見つけた。燗流は馬とともに落ちていったはずだった。

「このあたりに落ちたんだ。それで、西のほうに向かって進んでる……」

「乗っていったと？」

「混乱した馬が勝手に逃げていったのかも。乗り手がいたか、放っていかれたかはわからないけど……」

動ける者全員で入念に森を捜索した。灌木の奥や岩の陰に人の姿はないかと、草の根分けて探し回る。しかし声の限り叫んで名を呼んでも、応《こた》える声はない。

日が落ち始め、薄暗い木立の合間には影ばかりが伸びていく。

生きているなら、とっくに見つかっていていいはずだ。声を上げることもできない状態なのか、あるいは――。

　思いつめた表情で捜索を続ける雪媛に、飛蓮が労《いたわ》るように声をかけた。

「これだけ探して見つからないということは、二人とも何らかの事情で、馬でこの場を離れたのかもしれません。逃げた兵士と戦闘になったのか、あるいは伏兵がいたのかも……」

　ムンバトが、少し焦《あせ》るように周囲を見回す。

「雪媛、もうこれ以上ここに長居しないほうがいい。逃げたやつが仲間を呼んでくるかもしれないし、タルカン軍に見つからないうちに本軍を探さないと。もう、日が暮れる」

　雪媛は未練を捨てきれず、暗い森の彼方《かなた》に視線を彷徨《さまよ》わせた。

　ふと、雪媛の手を、小さな手がそっと握った。

　天祐がこちらを見上げている。

「……天祐？」

「大丈夫だよ。燗流さんは運は悪いけど、何があっても絶対無事だと思う」

　本気で、そう信じている口ぶりだった。

「それに潼雲さんも一緒なら、もっと問題ないよ」

　幸運を呼び込む子どもの言葉に、わずかに暖かな光が差すような心地がした。

「……うん」

小さく温かな手を握り返す。

「天祐がそう言うなら……そうだな。きっと……無事でいる、二人とも」

自分へ言い聞かせるように、そう口にした。

「ともかく、左賢王《さけんおう》殿の陣へ向かいましょう。二人も、無事であれば必ずそこにやってくるはずです」

飛蓮の言葉に頷《うなず》き、雪媛はようやく馬に跨《またが》った。

残された敵の馬を捕獲し、クルム兵たちの乗る数も確保できた。もう一度だけ、背後に聳える岩山と、その下に這うように広がる森を振り返る。

思い切るようにそこから視線を引き剝《は》がし、雪媛は前を向いた。

じりじりとする。身体が熱い。

青嘉は剣を持つ手に力を込めながら、間近にタルカンの本陣が迫るのを見据えていた。

敵兵の厚い壁を嵐のように駆け抜けながら、自分の身体が指先まで躍動しているのを感じる。

心が沸く。不思議なほどの充足感がある。

戦場こそが己《おのれ》の生きる場所だと、体中が叫んでいるようだった。

かつて大将軍と呼ばれた王青嘉も、同じ想いを抱いていたのを覚えている。

タルカンとシディヴァの戦いは、両軍ともに多くの犠牲を出していた。特に序盤にかけて、明らかにシディヴァ側の損害は大きかった。

その中で青嘉は、自らの手でタルカン配下の将を二人討ち取った。突如現れた南人《なんじん》の名は両軍の中で一気に知れ渡ったが、彼にとってそんなことはどうでもよかった。

目の前に立ち塞がる軍勢の先にあるアルスラン。そこに囚われている雪媛を、取り戻さなくてはならない。

行く手を阻《はば》む者を容赦《ようしゃ》なく薙《な》ぎ払い、その後には累々《るいるい》と死体の山が築かれていく。形勢は徐々に逆転していき、タルカン軍が揺らぎ始めた。

戦場に生きた数十年の痕跡は、魂にまで色濃く刻まれているらしい。新たな生を得たこの世界でもまた、それは変わらないようだった。どこにいても、こうして戦いの中に身を投じる生き方が、自分には合っているのだろう。

一時は後退していたシディヴァ軍は、勢いづいていた。

そしてこの日、ついに青嘉は、丘の上で騎乗したまま戦場を睥睨《へいげい》するタルカンの姿を捉えたのだった。

「右賢王《うけんおう》の首を取れ！」

ユスフが号令をかけ、兵を率いて一気に攻め上る。

さすがにタルカンの周囲には精鋭が配置されており、容易には手が届かない。青嘉は唸《うな》り声を上げて剣を振るい、雨のように敵を馬から叩き落としていく。

道を切り開きながら、ふと視線を巡らせた。

いつの間にか、タルカンの姿が見えない。

逃げられたか、と思った瞬間、背後に恐ろしい殺気を感じた。

時間が止まったような気がした。

青嘉は息をする間もなく身を翻《ひるがえ》し、剣を振り上げた。天から落下してきたような打撃が、全身に伝い走る。間一髪《かんいっぱつ》で受け止めた刃《やいば》も、一瞬でも気を抜けば押し潰《つぶ》されそうだった。

堪《こら》え切れず馬から転がり落ちる。

それを見下ろすタルカンは、これまでに見たどんな彼よりも巨大な影のように思われた。彼をとりまく空気が、ずしりと重い。

その圧を直《じか》に肌に感じながら、青嘉は奇《く》しくも懐《なつ》かしさを覚えた。

こういう人物に、将軍であった王青嘉は戦場で幾度も相まみえたことがある。それはいずれも、印象深い強者たちであった。

そんな時青嘉は常に、恐怖より高揚《こうよう》が勝った。これほどの強敵と戦えることに、自らの血肉が沸々《ふつふつ》とたぎるのだ。

タルカンの剣が振るわれる度《たび》、青嘉の身体に傷が増えていく。

幾度も大地に打ちつけられ、その都度意識を失いかける。一方で青嘉の刃もまた、タルカンに確かに届いていた。

タルカンもついに馬を降りた。互いに血を流しながら、一瞬の隙も見せることができない。

息つく間もない斬撃の応酬が続く。

タルカンの攻撃は確実に己の身に痛手を与え、蓄積されていった。そんな中で、わずかに青嘉の足下がふらついたのをタルカンは見逃さなかった。

斬られる、と思った。

しかし降ってきたのは固い拳で、殴打《おうだ》された青嘉の身体は勢いよく吹き飛ばされてしまう。

足音が迫ってくる。

すでに意識が朦朧《もうろう》としていた。視界が、ひどく霞《かす》んでいる。

（くそっ……）

剣はどこだ、と腕を動かそうとするが、思うようにならない。

大きな影がゆっくりと、覆いかぶさるように近づいてくるのがわかる。

(動け――)

影が大きく、剣を振り上げる。

しかし唐突に、影が消えた。

派手な音が響いた。何かが、ぶつかり合う音。

(なんだ?)

青嘉は這うように上体を起こしながら、必死に目を凝《こ》らす。

小柄な人影が風のように素早く、そして激しく剣を振り下ろす。シディヴァが、タルカンと斬り結んでいるのだ。

二つの影は明滅するように、重なっては離れていく。その剣戟《けんげき》はまるで、目の前でいくつもの雷が弾《はじ》けているかのようだった。

大地を揺るがすほどの轟音を響かせながら、刃《やいば》がぶつかり合う。その度に激しい衝撃が生まれ、風が舞い、火花が散った。

思わず息を呑んだ。彼女が本気で誰かと戦う姿を、初めて見る。

シディヴァは戦が始まって以来、これまで指揮に徹してきた。これほど前線にその身を投じるということは、今が勝敗を決する時と判断したからだろう。

勝負は互角に見えた。シディヴァはタルカンの剣を確実に捉えて受け流し、一瞬の隙をついて剣を振るう。タルカンはそれを撥《は》ね退《の》け、再び攻撃に転じる。

あの小さな身体から一体どうすればあれほどの力が出せるのだ、と目を瞠《みは》らずにはいられない。

こうして間近に目にして初めてわかる。並みいる草原の猛者《もさ》たちが、シディヴァを敬い崇《あが》めるように従う気持ちが。

二人の邪魔をする者はない。クルムにおける二大勢力の頂上決戦とあって、敵も味方も固唾《かたず》を呑んでその行く末を見守っていた。

激しい攻防は、不思議と煌《きら》めいてすらいる。誰もが釘付けになり、魅入られたように動かない。

シディヴァの肩から、鮮血が噴き出した。しかし次の瞬間には、そのお返しと言わんばかりにタルカンの脇腹を彼女の刃が抉《えぐ》る。

叔父《おじ》と姪《めい》は互いに傷を増やしていたが、怯《ひる》むことはない。

それでも徐々に、戦いに変化が生まれ始めた。

わずかながら、シディヴァが押し始めたのだ。

彼女の剣が、大きく一閃《いっせん》する。

タルカンがその剣筋を見切っているのが、青嘉にはわかった。避けられる、と思った。

しかし、その予想は外れた。

脇腹から肩にかけて、一気に斬り上げる。真正面から剣を受けたタルカンは、ついに膝《ひざ》をついた。

傷口から滴《したた》る鮮やかな血が、草原に血だまりを作っていく。荒い息を吐きながら蹲《うずくま》り、タルカンは静かにシディヴァを見上げた。

「……首を、取れ」

シディヴァは無言のまま、彼の首に刃を突きつけた。

周囲では、タルカンを助けようとする者と、それを阻止しようとする者たちが争っている。その喧騒を尻目に、ユスフが二人を見届けるように進み出た。

ところが、今にも首を刎《は》ねるかと思われたシディヴァは、突然剣を下ろした。

そしておもむろに、勢いよくタルカンを蹴り飛ばした。

クルムの右賢王は音を立てて崩れ落ち、頭から地面に伏す恰好《かっこう》になった。そのまま身じろぎもしない。

シディヴァの顔は、不愉快そうに歪《ゆが》んでいた。

「なんだ、このざまは」

苦々しく吐き捨てる。

ふらふらと身体を起こすタルカンは、無言だ。

「ふざけるな。俺を見くびっているのか！」

「シディヴァ」

「あなたがこんなもののはずがない。この程度で敗れるなど！　手を抜かれて喜ぶとでも⁉」

「――負けを認め、降伏すると言っているのだ。我が軍は投降する」

シディヴァの拳が、タルカンの頬にめり込んだ。

再び地に伏した彼を見下ろし、シディヴァは「何故《なぜ》です」と呟く。

「何故、わざと負けるような真似を？　これは何かの罠か？　いずれにしろ、あなたはここで死ぬ。そうまでしてカガンに尽くすのか！」

「…………」

青嘉は二人の様子を窺《うかが》いながらも、剣を握りタルカンの動きを警戒した。

油断させた隙に何か仕掛けてくるかもしれない。シディヴァを殺したのは右賢王――かつての人生で耳にしたあの話が、現実にならないとも限らないのだ。

「立て！　本気で俺と戦え！」

しかしタルカンは、再び武器を手にしようとはしなかった。

彼は緩慢《かんまん》な動作で腰を下ろすと、胡坐《あぐら》をかいてシディヴァに向かい合う。

「殺せ」

その言葉に、シディヴァは我慢ならないというように歯を食いしばる。ユスフが落ち着けというように、肩に手を置いた。

「シディがやらないなら、俺がやるよ」

「下がっていろ！」

ユスフは肩を竦《すく》める。

「タルカン様、俺も不思議ですよ。あなたの軍はずっと優勢だった。もっと早い段階で我々の本陣を攻めていてもおかしくなかったし、それができたはずだ。そうすれば今頃は、決着はとうについていたでしょう。そして今、この態度だ。――あなたはそもそも、勝つ気がなかったのですか？」

タルカンは、口を開かない。

「カガンを、裏切ったということでしょうか？」

青嘉は話を聞きながら疑問を抱く。タルカンがカガンを裏切り、わざと負けたというのだろうか。

（そんなことをしてどうなる。初めから戦をせずに、こちら側に与《くみ》するというならわかるが――）

「兄上……カガンは私を信頼している。誰よりもだ。そして私は、その信頼に応えてきた」

傷を負いながらも静かな、そして落ち着いた口調だった。

「それをよすがに、これまで戦ってきた、ずっと。私がカガンを裏切ることは、ない」

傷口からは、なおも血が流れ続けている。

「お前もだ、シディ。カガンはお前のことを、誰より信頼していた。血を分けた我が子を」

「なるほど。信頼とは、随分《ずいぶん》と脆《もろ》いものらしい」

「サラントヤ……私の妻を覚えているか」

ぴくり、とシディヴァの眉が動く。

「叔父上が殺したサラントヤ様のことなら、よく覚えております」

その声音には非難の色が濃く滲《にじ》んでいる。

「あれは、優しい女だった。幼いお前のことも可愛がっていたな。……何より、私のことを愛してくれた」

「でも、殺した」

ユスフの口調は冷ややかで平坦だ。

「……そうだ」

タルカンは独り言のように語り始める。

「兄が、妻を殺せと我ら兄弟に命じた時、私は絶望した。従わなければ、兄は私を殺すだろう。私だけではない、私の家族もだ。だが私には、サラントヤを殺すことはどうしてもできなかった。だから……逃げることにした」

怪訝そうにシディヴァが眉を寄せる。

「妻と息子たちを連れて、密《ひそ》かに西へ逃げるつもりだった。兄に気づかれないよう細心の注意を払って。商人に話をつけ、彼らに紛《まぎ》れることにした。すべての手配を済ませ、妻の待つユルタに戻った時……サラントヤは、自ら胸を剣で突いていた」

「自殺だったと？」

痛ましそうな表情を手で覆《おお》いながら、タルカンは続ける。

「自分が死なねば私が殺されるだろうと、彼女はわかっていた。生きて、子どもたちを守ってほしい——最期《さいご》にそう言って、私の腕の中で息絶えた」

大きく息をつく。

「私が殺したのと同じだ。私のためにサラントヤは死んだ。彼女の死を、無駄にすることは断じてできなかった。だから私は兄に、カガンに、どこまでも忠誠を誓ったのだ。兄が草原を制し、大陸を制し、やがては全世界に覇を唱える一大帝国の王者となる。歴史に名を刻み、長く語り継がれる英雄として生きる。そうなってもらう……そうなってもらわねば、そうでなくては……」

浅い呼吸を繰り返しながら、タルカンの眼だけは爛々《らんらん》とした光を帯びていた。それは絶望と希望の狭間《はざま》を見つめているようだった。

「そうでなくては、どうして妻に報《むく》いることができるのだ。あの尊く輝かしい命を贖《あがな》うには、あの命の代わりには、それだけでも足りぬほどだ……！　どれほどの栄光も、どれほどの偉業も、いくらあっても！」

ようやく、タルカンという人物が腑《ふ》に落ちた気がした。

噂と、本人から受ける印象との乖離《かいり》の根源は、これだったのだ、と青嘉は思った。

「兄のためにならなんでもした。誰より戦功を挙げ、誰より信頼を得て、右賢王としての地位を築いた」

話を黙って聞いていたユスフが、低い声で尋ねた。

「ならばなおさらです。何故今になって、カガンを裏切るような真似を？」

「……カガンはお前を疑い始めた、シディヴァ」

シディヴァは表情を変えない。剣を手に、じっと叔父を見下ろしている。

「それまでも、少しでも自分の意に沿わぬ者がいれば謀反《むほん》の罪で打ち滅ぼし、力を持ち始めた臣下も排除した。カガンはすべての力が己に集まることを求めていた。それは必要なことだ。ゆるやかな繋がりで保たれていた草原の均衡《きんこう》の形を、いつまでもそのままにはできない。そういう国を創るのだから。――だが、後継ぎに据えた自分の子にまで、カガンの猜疑《さいぎ》は向いた。やがて疑いは確信に変わり、そしていかにして排除するかを計画し、実行した」

青嘉ははっとした。

「では、アルスランで起きたシディヴァ様の暗殺未遂《みすい》は、すべてカガンの差し金であったと？」

「――そうだ」

「叔父上のしたことを、カガンの仕業《しわざ》として語っているのでは？」

シディヴァが険《けわ》しい口調で問う。

「密かに調べさせ、狩りの時にお前の馬に細工した者を突き止めた。毒矢の使い手だ。カガンから命じられたと、白状した」

「ツェツェグと密会していた御仁《ごじん》の言葉を信じられると思いますか。あの女の匂《にお》いをその身に纏《まと》わせておいて、何もなかったとは言いますまい」

「ツェツェグ様と幾度か会ったのは確かだ。お前を殺し、私が左賢王になるべきだと、そのためには力を貸すと言われた」

「力ですか。あの女にできることなど、股《また》を開くぐらいでしょうに」

　せせら笑う。

「もし私が本当にお前を殺し自分がカガンの座につこうとするなら、彼女の手など借りぬ。必要がない。お前ならわかるだろう」

「暗殺未遂の黒幕がわかっていながら、口を噤《つぐ》んでいたわけですか」

「告発すれば、どうにかなったと思うのか？　カガンが罪を認めて許しを乞《こ》うとでも？」

「…………」

「カガンは老いた。衰《おとろ》えた。お前は若く、さらに力を増す。カガンは危機感を抱いたのだ。いずれすべて奪われる。名声も、権力も。自分は遠い記憶の彼方に消え、存在は霞《かす》み、偉大なカガンとして君臨するシディヴァの前任者にすぎない存在となる──それが、耐え難《がた》かったのだ」

「馬鹿馬鹿しい」

　シディヴァは吐き捨てる。

「それで？　そんなカガンにはもうついてはゆけないと、裏切ることにしたというのですか」

「カガンの猜疑は、今はお前に向いている。そしてお前を倒せば、いずれは必ず……私に向くだろう」

そうだろう、と青嘉も思った。

実の娘ですら脅威と捉える男が、自分の右腕ともいえる第二の実力者を黙って見ているはずがない。

かつて、皇帝の命《めい》で殺された自分——王青嘉将軍が殺された理由も、同じものであったはずだった。

「そうなれば、私はどこまでも戦うだろう。サラントヤが生かしてくれたこの命を、そして私たちの子どもらの命を、無意味に散らす気はない。彼女がくれた命は、そんなことのためにあるのではない。死ぬことは恐れていない。……だが、その先に何があるのだ」

「自らが、カガンとなろうとは思わなかったのですか」

「その道を選ぶつもりはない」

「欲はないと？」

「私の欲は、サラントヤの欲だ。この身命を賭《と》して、失った彼女の命に見合うものを手に入れることだった。だがこのままでは、カガンの治世はそう長くはない。お前を失い、私を失い、その果てに栄光があるとは思えない。自ら乗る舟に穴を開け、櫂《かい》を捨てるようなものだ」

「だから、見限ると？　あれほどにカガンに忠節を尽くしてきたあなたが」

「……サラントヤを、覚えているか、と尋ねたのだ。カガンに」

　急に力を失ったような、弱々しい声音だった。

「あの日、カガンがお前を捕らえよと命じたあの夜、私は……サラントヤを見た。見たと思った。彼女が好んだ、春の若葉のような萌黄《もえぎ》の衣《ころも》だった。その女の横顔は確かにその瞬間、サラントヤのものだと思ったのだ。……振り向いた顔は、もちろん別人だった。それはあの南人の女、瑞燕国皇帝の寵姫《ちょうき》だった」

　雪媛のことが語られ、青嘉は息を詰めた。

「彼女は詮議《せんぎ》を受けた後で、女官たちに連れられていくところだった。入れ替わるようにカガンに拝謁《はいえつ》した私はそこで、左賢王を捕らえよと命じられた。私は、迷っていた。どうすべきなのか。最後までカガンに仕《つか》えるか、それとも――。そう考えた時、先ほどの幻を思い出した。サラントヤが何かを伝えようと、私の前に姿を現したように思えてならなかった。……それで、ふいに口をついて出たのだ。サラントヤを覚えていますか、と」

タルカンは自嘲するように、歪んだ笑みを浮かべた。

「兄は言った。誰だそれは、と……」

彼の瞳には、静かな悲しさが浮かんでいる。

凪《な》いだ海のようだった。

「その時、私の心の何かが、折れた」

「………」

「それで決めた。私は、自らの手ですべての幕を引く。妻が守ったこの命で、せめて未来を切り開きたいのだ。子どもたちのために」

シディヴァに向かって、深く頭《こうべ》を垂れる。

「お前に、託させてほしい。お前なら、兄とは違う道を歩める。お前にはそれだけの器《うつわ》がある。だからこそ兄は、お前を警戒した。自分を上回る存在を。必ずクルムを真の栄光へと導けるはずだ」

「裏切るのであれば初めから、手を組もうとは思わなかったのですか。あなたが我らに加わってくれれば……」

不満そうにユスフが言った。

「それでも私は――カガンの弟で、一番の忠臣なのだ。それが私の、誇りでもあった。そう思わねば、それに縋《すが》らねば、サヤントラに申し訳が立たなかった……」

矛盾《むじゅん》するようにも聞こえるその告白が、彼の苦悩を表していた。妻の仇《かたき》でありながらも、輝かしい道を進むオチルを唯一の主《あるじ》として、永遠にともに歩きたいと願っていたのだろう。

タルカンはすべてを語り尽くしたというように静かに息を吐き出すと、居住まいを正した。

「この首の代価として、頼みがある。叶《かな》うなら、息子たちをお前の下《もと》に仕えさせてほしい。あやつらには私の真意は言い含めてある。誰もお前を恨んだりはせぬと誓う。サラントヤの子を、偉大なクルムの礎《いしずえ》の一部にしてほしいのだ。……頼む」

シディヴァはしばし何も言わず、ただ眼前に広がる草原に目を向けた。

乾いた風が、彼女の頬を撫でる。

「で、言いたいことはそれで全部か、叔父上」

「……ああ」

そうか、と言うと、彼女は興味を失ったように無造作にタルカンの首に向けて刃《やいば》を振り下ろした。

三章

「誰かー！　雪媛《せつえん》様ー！」

　潼雲《どううん》は月の光を頼りに、静まり返る森の中を慎重に歩きながら声を上げた。

　長いこと気を失っていたらしく、意識を取り戻した時には周囲は闇に覆《おお》われていた。頭を打ったのか、後頭部がずきずきとした。起き上がろうとするが、すぐに何か硬いものに触れる。

　岩と岩の狭い隙間《すきま》に挟まれるような恰好《かっこう》だった。身をよじり、まずそこから抜け出すのに苦労した。息を切らしてなんとか這《は》い出すと、大きく息をついた。

　しばらくの間、その場から動かずに待つことにした。雪媛たちが探してくれているはずだ。

　だがどれだけ待っても、その気配は一向になかった。もしかしたら自分は相当に長い時間意識を失っていて、皆はすでにここを離れてしまったのかもしれない。

いてもたってもいられなくなり、潼雲は歩き始めた。大声で助けを呼んだが、応《こた》える者はない。

先に落下したはずの燗流《かんる》が近くにいるのでは、と再度声を張り上げる。

「燗流殿ー！　……燗流殿ー！」

返ってくるのは、夜の沈黙だけである。

クルムの夜は夏だというのにひどく冷える。ともかく火を熾《おこ》し、夜明けを待った。

空が白《しら》み太陽の日差しが降り注いだ瞬間、その暖かさを心底ありがたく感じた。それでようやく、周囲の様子も把握できてくる。

落ちてきた岩山の崖を、しげしげと見上げた。あんな場所から滑落《かつらく》した割に、ほとんど怪《け》我《が》がないのは不幸中の幸いであった。

ともかく、雪媛たちに合流しなくてはならない。

森を抜けた先には草原が広がり、そのさらに先には低くなだらかな山が連なっていた。皆が無事であれば、シディヴァの本陣へと向かっているはずだ。

「徒歩か……」

肩を落とす。この果てしない大地を、馬なしで進むしかない。

おおよその方角を頼りに、潼雲は北に向かって歩き始めた。青嘉《せいか》なら確実に道に迷っているな、と思う。

今頃青嘉は、戦《いくさ》のただなかにいるのだろう。

そう考えると、すこぶる妬《ねた》ましかった。ムンバトの話によれば、左賢王《さけんおう》の下《もと》で随分《ずいぶん》と活躍しているらしい。

（あいつはどこにいても、そうして認められる）

クルムにおいては彼が名家の出であることなど関係ないだろう。ただ実力で左賢王の信頼を得て、兵を率いている。

わかっているのだ。青嘉は真に強い。

どこにいても、名将と呼ばれる存在になるに違いない。それに比べると、自分の器《うつわ》の小ささが嫌でも身に染《し》みてくる。

「……ふん」

潼雲は足を止めた。

どこまでも続く緑の海原を眺め、大きく息を吸い込んだ。

「くそっ！　だからなんだ！　俺は負けんぞ！」

その大音声《だいおんじょう》は誰の耳にも届かないまま、高く突き抜ける空へと霧散《むさん》していく。

青嘉がクルムで将軍の地位を得るというなら、自分だって必ずやそこへ到達し、そして超えてみせる。あるいは瑞燕国《ずいえんこく》へ戻って将となり、いずれ青嘉と相まみえるのもいいかもしれない。敵として思い切りぶつかり合うという想像は、潼雲の心を大層くすぐった。

しかし今は、軍勢どころか馬ひとつ持たず、たった一人で草原を彷徨《さまよ》う身である。

はあ、と肩を落とし、とぼとぼと歩き始める。

突然、背中に何かが触れ、ぎくりとして飛び退《すさ》った。

「…………！」

一頭の馬が、潼雲を背後から覗《のぞ》き込むように佇《たたず》んでいた。どうやらこいつの鼻づらが当たったらしい。

馬は栗色の毛並みで、大層立派な鞍《くら》をつけていた。周囲を見回すが乗り手の姿はない。

「天の思《おぼ》し召《め》しか」

ありがたい、と思いながら馬を撫でてやり、手綱《たづな》に手をかける。なんという僥倖《ぎょうこう》だろう。

荷物の入った袋が括《くく》りつけられているのに気づき、思わず飛びつく。

中を確認すると、水の入った革袋、干した肉、それに乳製品と思われる固形物が入っていた。この馬の主《あるじ》が用意した携帯食だろう。

今後のためにいくらか残しつつもひとまず腹を満たし、潼雲は生き返った気分になった。

「日頃の行いがいいからだな、うん」

馬に跨り、軽く走らせてみる。きちんと世話されていたと思われる、よい馬だった。

しばらく駆けてみるとだんだんと癖《くせ》が呑み込めてきて、潼雲はその馬を従えてこの広い大地を進むことを素直に楽しんだ。街でしか暮らしたことのない潼雲からすると、広大な草原で生活する異民族の心情というのは理解しがたいものであったが、なるほどこうして馬とともにあるのは悪いものではないのかもしれない。

なにより、その生き物の体温に安堵《あんど》を感じていた。雪媛たちと離れ離れになり、思いのほか孤独がこたえていたらしい。

「俺は潼雲という。ここで出会えたのもなにかの縁だ。よろしく頼むぞ」

ついつい馬に話しかけてしまう。

(我ながら、よほど寂《さび》しいんだな)

誰に見られているわけでもないので、潼雲は開き直った。

「瑞燕国から来たのだ。知っているか？　もっと南にある国で――」

ふと口を噤《つぐ》む。手綱を引き、視線を巡らせた。

何か聞こえた気がしたのだ。

「うう……う……」

呻《うめ》き声のような、微《かす》かな声。

耳を澄まし、声のするほうへと馬を進める。

もしや、燗流だろうか。怪我でもして、動けずにいるのかもしれない。

「……燗流殿ですか？」

「うぅ……」

違う、と思った。

これは、女の声だ。

「……雪媛様？」

まさか、と思い声の主《ぬし》を探す。

チカチカと、まばゆい光が視界を掠《かす》めた。

潼雲は思わず目を細める。

（なんだ？）

青い草原のただ中にぽつんと、蹲《うずくま》っている人影があった。

小柄でほっそりとした姿。その腰まである長い金の髪が、陽光を弾《はじ》いて輝いていた。さきほどの眩《まばゆ》さはこれか、と思う。

金髪の主は肩を震わせ、しゃくり上げるように泣いている。

「うう……ひっく……ぐすっ」

ゆっくりと、最大限用心しながら近づいていく。

声をかけようかと思ったが、あるいは物《もの》の怪《け》の類《たぐい》かもしれない、と躊躇《ちゅうちょ》した。昔母が聞かせてくれた寝物語に、そんな話があった気がする。山の中で泣いている女に声をかけると、その顔は恐ろしく醜《みにく》い化け物で、捕まれば食われてしまう――。

（いや、まさか）

念のため剣の柄《つか》に手をかけながら、「おい」と声をかけた。

「どうした、こんなところで何をしている」

相手はびくりと肩を震わせ、涙に濡れた白い面《おもて》を上げた。

透き通った青い目が、潼雲を見上げている。春の空のようだ、と思った。

驚いたのか突如《とつじょ》泣くのをやめ、目を見開いて黙り込む。

まだ年若い娘だった。

「一人か？　怪我でも？」

しかし、娘は何も答えない。

それでようやく気づいた。

「ああ、言葉がわからないのか？　困ったな……」

「……あなた、南人《なんじん》？」

彼女の口からいくらかたどたどしい共通語が発せられたので、驚くとともにほっとした。物の怪ではなさそうである。

「なんだ、伝わってるんじゃないか」

そう言って馬を降りる。

途端に娘の表情が変わった。彼女は跳ね起きるように立ち上がると、

「私の馬！」

と叫んだ。

「え？」

彼女は潼雲の持つ手綱をひったくるように掴み取る。

「私のよ、返しなさい！」

「この馬が？」

潼雲は怪《あや》しんだ。確かに持ち主は近くにいるかもしれないと思った。しかし、簡単に鵜《う》呑《の》みにはできない。そんなことを言って、馬を奪おうとしているのかもしれなかった。なにより、ここでこの馬を失うのは痛い。

「本当に？　この馬が、お前のものだという証拠はあるのか」

「証拠ですって？」

「そうだ。証拠がなければ渡せない」

「なんですって？　この馬泥棒！」

「ど、泥棒……？」

潼雲はかちんときて娘に詰め寄る。

「この馬は乗り手を失ってふらふらと彷徨っていたんだ。持ち主の姿もなかったし、それで泥棒呼ばわりされる謂《いわ》れはないぞ」

「私を振り落として逃げていったのよ！　あなたが捕まえなければ、そのうち戻ってきたでしょうに、影も形も見えなくなって私は遭難するところだったわ！」

「なるほど、逃げたくなるような乗り手だったということだ」

「私は馬に乗るのが苦手なの！　しょうがないでしょ！」

開き直ったように胸を張る。

「それは私の荷物よ！　盗むつもり？」

馬に括りつけられた袋を指した。

「……では、中身を言ってみろ。持ち主ならわかるだろう」

すると娘は、むっとしたように珊瑚《さんご》のような唇を尖《とが》らせた。

「水と、干し肉と、アーロール（乾燥チーズ）、火打ち石と、それから……そうだ、硝子《ガラス》の小瓶が入っているわ！」

　潼雲は袋の中を確かめ、言われた通りに小瓶が入っていたので取り出す。

「中身は？」

「薔薇《ばら》の香油《こうゆ》よ。高いんだから！」

　念のため、蓋《ふた》を開けて中身を確認する。鼻を寄せると、確かに薔薇の香りがした。

「……本当に、この馬はお前のものか」

「そうだって言ってるでしょ！　さぁ、返しなさい！」

　潼雲は少し躊躇《ためら》ったが、やがて彼女に完全に手綱を渡した。

「どこへ行くんだ？」

「アルスランよ」

　アルスランとは、クルムの都の名であったはずだ。

「一人でか？」

「そうよ」

「戦が起きているのを知らないのか？　娘一人では危険だぞ」

「それでも、行かなくちゃいけないのよ！」

　娘は馬によじ登る。その不恰好さからして、本当に馬は不得手《ふえて》らしい。

撞雲は考え込んだ。

持ち主に返すのは筋だが、だからといってここに一人置いていかれるのは辛《つら》い。迷った末に、少し遠慮がちに口を開く。

「あー……その、提案なんだが……」

「何よ?」

「途中まで、俺を連れていくというのはどうだろうか」

「はぁ? なんであんたみたいな見知らぬ男と」

「これでも腕は立つ。護衛にはなるだろう」

「ははん、なるほど。あんた馬がないから困ってるってわけね? 目当ては馬でしょう。隙を見て盗むつもり?」

「盗むつもりなどない。だが困っているのは当たりだ。仲間とはぐれてな。どこか馬を手に入れられる場所までいいから、相乗りさせてくれないか」

「い、や」

きっぱりと言い放ち、娘はぷいと顔を逸《そ》らした。

「じゃあね」

そう言って、ぽんと馬の腹を蹴る。

馬はゆっくりと歩き出した。

「ほら、もっと早く！　進みなさいったら！」

じれったそうに声を上げる娘のことを無視するように、馬は足を止めた。そして、のんびりと草を食《は》み始める。

「こらっ！」

ぱん、と馬の尻を叩く。

途端にいななきを上げ、頭を振った馬は身をゆすり始めた。

「あ、ちょっと、やめ……」

自分に乗っかった人間がさも邪魔だというように、思い切り彼女を振り落とす。

ぽーんと毬《まり》のように宙に舞ったその小さな姿に、潼雲は慌《あわ》てて駆け出し、腕を伸ばした。

間一髪《かんいっぱつ》で、地面に打ちつけられる直前にその身を受け止める。反動で自分は転がり、娘を抱《かか》えたまま大地に倒れ込んだ。

「……くっそ。下手《へた》にもほどがある！」

思わず舌打ちする。

呆然としていた娘は、はっとしたように潼雲を突き飛ばした。

「触らないでよ！」

「助けてやったんだぞ！」

「私は馬から落ちるのは得意なの！　助けなんて結構よ！」

「礼も言えないのか？」

「余計なことしないでよね！」

頬を膨《ふく》らませながら、再び馬の手綱を取る。しかし馬は、嫌がるようにぷいと顔を背《そむ》けて、なかなか彼女を乗せようとしなかった。

「その調子でアルスランまで行くのか？　大した偉業だな。何年かかるんだ」

「…………」

娘はまったく思い通りにならない馬と、しばし格闘した。

やがて疲れたように肩で息をしながら、思い悩むようにひどいしかめ面《つら》でこちらを振り向く。

「なんだ」

「わかったわ、あんたを雇う」

「雇われたいと言った覚えはない」

「お金はあんたの言い値でいくらでも払うわ」

こんなことを言いだすとは、これまでの言動からしても金持ちの娘なのだろう。父親にでも金を出させるつもりだろうか。

「金目当てじゃない。ただ、足がほしいだけだ」

「代わりに、私をアルスランまで連れていって」

「家出なら、もう帰ったほうがいい。近くなら家までは送ろう」

「違うわよ！　アルスランで、待ってる人がいるの！　行かなくちゃいけないのよ！」

娘の気迫の籠《こ》もった表情に、わずかに息を呑んだ。真剣な眼差《まなざ》しに射貫《いぬ》かれ、潼雲は思わずため息をつく。

ふざけているわけではなさそうだった。

「……ともかく、どこか馬を手に入れられる場所までだ。そこまでなら、一緒に行く」

「わかったわ」

そう言って、手綱を潼雲に渡そうとする。

しかし彼が手をかけようとした瞬間、「待って」と引っ込めた。

「道中、変なことしたら殺すわよ」

「……俺の好みは品のいい黒髪美人だ。きんきら頭の無礼な小娘に興味はない」

「もし指一本でも触れてみなさい。私の夫が黙っていないんですからね！」

結婚しているのか、と意外に思いながら、潼雲は肩を竦《すく》めた。

「わかったから、早くしろ」

手綱を奪い取り、馬に跨る。

「さっさと乗れ」

やはりもたついているので、仕方なく引っ張り上げてやる。

潼雲の後ろに座った娘は、できるだけ潼雲から身体を離そうと仰《の》け反《ぞ》るような恰好でぎこちなかった。

「おい、危ないぞ。もっとしっかり摑まっていろ」

「…………」

しかし、頑《かたく》なに摑まろうとしない。

先ほどの騎乗の様子では、どう考えてもこのままでは落馬する。

潼雲は再び肩を竦めた。

「俺は指一本触れない。……お前が俺に触れるのは、別に構わないんじゃないか」

すると渋々といったように、白い手がそろそろと伸びてきた。

腰のあたりに絡《から》みついた細い腕から体温を感じ、先ほど馬に感じた以上に妙な安堵感を覚えた。今初めて気づいたが、自分は案外、一人が苦手なようである。

「本当に、本当に変なことしないでしょうね」

「うるさい。落とすぞ」

「手荒な真似してみなさい、あんたなんか、すぐに死刑にしてもらうんだから」

死刑とは随分と物騒だ。

大袈裟《おおげさ》に言っているだけだろうと、そうかそうか、と適当に相槌《あいづち》を打つ。

「名乗っていなかったな。俺は潼雲だ。穆《ぼく》潼雲」

「私は、ナスリーン」

ナスリーンは、どこか誇らしげに胸を張る。

「クルムの左賢王、シディヴァの妻、ナスリーンよ。言っておくけど、私に何かあったらシディはあんたを絶対に許さないから！」

自称左賢王の妻を乗せながら、潼雲は苦虫を噛み潰《つぶ》したような顔で馬を駆った。

というのも、背中にくっついたナスリーンがとにかくうるさかったからだ。

「ねぇねぇ、何かお話を聞かせてよ。都で暮らしてたの？　どうしてクルムへ？　もしかして駆け落ちしてきたの？」

どこから来たのかと訊《き》かれ、瑞燕国からやってきた、と答えると、ずっとこんな具合で面白いことを話せとせがんでくる。

今の立場上、本当のことをぺらぺらと語るわけにもいかないし、何より気が散る。だんだん口数が減る潼雲の代わりのように、彼女は自分のことをよく喋《しゃべ》った。

「それでね、クルムの冬は本当に寒いのよ。初めてここの冬を越した時、私凍りつくんじゃないかと思ったの。でもー、シディにくっついていれば寒くないわ。普段はあんまりくっつくと怒るんだけど、冬は許してくれるのよねーうふふ」

(俺は何故《なぜ》、クルムの草原のど真ん中で見知らぬ娘ののろけ話を聞いているんだ？)

シディヴァの妻、と名乗ったが、本当かどうか怪《あや》しいものだ。左賢王の妻が供も連れずに一人でふらふらしているはずがない。

ただ、雪媛が口にしていたシディヴァの愛称と同じ呼び方を口にしているあたり、完全に無関係でもないのかもしれない。

(とはいえ雪媛様の名を出すのは危険だ。あくまで知らぬふりを通して、適当なところで別れよう)

「ちょっと、聞いてる？」

「で、その夫がアルスランで待っているのか？　聞いた話では、左賢王はカガンとの戦の真っ最中のはずだが」

「待ってるのは友だちよ」

「友だち？」

「大事な友だち。私のせいで、辛《つら》い目に遭《あ》ってるの。放っておけないわ」

「左賢王の本陣は近いと聞いたぞ。その夫のもとへは行かないのか」

「いいの。シディは絶対勝つから。でも、私の友だちがその間無事でいる保証はないもの。なんとかしなくちゃ」

日が暮れ始めた頃、住む者を失った集落が見えた。

今夜はここで越すことにしようと、馬を降りる。荒らされてはいたが、無事なユルタが残っていた。

前回のように、何者かが飛び出してこないとも限らない。用心しながら扉を開けた。中はがらんとしている。略奪を受けた後ではあったが、ひとまず落ち着けそうだ。

ナスリーンは中央の炉に近づくと、「よかった、燃料が残ってる」と火をつけ始めた。手慣れた様子だ。

近くの沢から水を汲《く》んでくると、ナスリーンが鍋で茶を煮出し、そこへ持ってきた干し肉を放り込んだ。

「言っておくけどこれ、味はいまいちよ」

「食べるものがあるだけましだ」

戦場では兵糧《ひょうろう》の味になど構っていられない。腹を満たすことのほうが重要だ。

ナスリーンは転がっていた欠けた碗に、鍋の中身を注ぎ入れる。はい、と差し出され、
潼雲は礼を言って受け取った。

炉に火が入ってからというもの、ユルタの中は不思議なほど暖かくなった。そういう構造なのだろう。これなら確かに、凍《こご》える冬も越せそうだ。

幸い、食糧を分け与えることに対してナスリーンは鷹揚《おうよう》だった。アーロールもひとつ差し出されたので、ありがたくいただくことにする。

口に入れると、思わず潼雲は眉を寄せた。先ほど口にした時も、そのなんともいえない癖のある味に正直あまり美味とは思えなかった。ナスリーンは慣れた様子で食べているが、
潼雲の様子を見て悪戯《いたずら》っぽく笑った。

「これ、私も最初は苦手だったわ」

「苦手とまでは言わないが、不思議な味だな」

「あら本当？　じゃあクミスもいけるかしら。馬の乳で作ったお酒なんだけど、私はいまだにだめ。よそから来た人はみんな顔をしかめていたわ。あ、でもごくごく飲んでた南人もいたっけ……」

「もともと、クルムの出身ではないんだろう？」

「私はタンギラの生まれよ」

「タンギラなら、今の時季はもっと暖かいだろうな」

「そうね。夏の夜なんて、テラスに長椅子を出して寝るのが気持ちよかったわ」

空腹が満たされ、瞼《まぶた》が重そうだ。

舟を漕《こ》ぎだしたナスリーンに、もう寝るようにと声をかける。

「うん……」

寝台は二台置かれていた。一つは壊されていたがもう一つは無事で、ナスリーンはうつらうつらとしながらそちらへ向かった。

潼雲は壊れた寝台に寄りかかる。

「こっち来ないでよね」

「行く意味がわからない」

「………」

何か文句が返ってくるかと思ったが、聞こえてきたのはすうすうという寝息だった。

疲れていたのだろうが、それでも見知らぬ男と一緒だというのにこんなにあっさり寝付けるとは、案外肝《きも》が据わっているのかもしれない。

彼女の寝顔をぼんやり眺めながら、なにか懐《なつ》かしい気持ちがした。

それが何かと考え、思い至ったのは、幼い頃の芙蓉《ふよう》の姿だった。

芙蓉は妾《めかけ》の子として肩身の狭い思いをしていたから、強く出ることができる相手は限られていた。その数少ない相手であった彼には、ひどく我《わ》が儘《まま》にふるまったものだ。つまらないから何か面白い話をしろとか、姉たちが食べていた菓子が食べたいから厨《くりや》からくすねてこいとか、気に入らないことがあれば物を投げつけたりもした。夜中、厠《かわや》に一人で行くのが怖いとは言えず、「足下が見えないから明かりを持ってきて」とよく潼雲を起こした。

それは、彼女なりの甘えだったと思う。

皇太子であった碧成《へきせい》の側室になってから、芙蓉が嬉しそうに話していたのを思い出す。

「殿下はね、私が寂しいと言うと、後の予定を遅らせてでも傍《そば》にいてくださるのよ。私のもとへ来る時はいつも贈り物を持ってきてくださるの。ある時は私の名に合わせて、部屋いっぱいに芙蓉を敷き詰めたわ。見て、この薄紅色《うすべに》の衣《ころも》も陛下が私に似合うだろうって生地《きじ》を選んでくださったのよ。でも一番素敵だったのは、私のために歌を詠《よ》んでくださったことだわ。この間、舟遊びをした時なんてね……」

あれほど満ち足りて幸せそうな彼女は、それまで見たことがなかった。その笑顔を、潼雲もまた幸せな気持ちで見つめていたのだ。

心の奥にある想いを閉じ込め、きりきりと痛む胸には目を逸らして。

今思えば、母を殺した相手になんと愚かなことかと頭を抱えるが、それでも、あの時の想いに嘘はなかったし、長い年月積み重ねた彼女との記憶はそう簡単に捨て去れるものではなかった。

(今頃……どうしているだろうか)


「一体、何故そうも落ちるんだ」

潼雲は腕を組み顔をしかめた。

目の前で、ナスリーンが地べたにへたり込み、口を尖《とが》らせている。

ユルタを発《た》って半日、爽《さわ》やかな青空の下で二人は対峙《たいじ》していた。彼女ももう少し馬の扱いを覚えておくべきだろうと、道中に少し教えてやるつもりで休憩がてら一人で乗せてみたところ、あっけなく落馬したのだ。

それが五度続き、これは根が深い、と感じる。

「だから、できないものはできないの。苦手なものは苦手なの。がんばっても無理なものは無理なの。自分ができるからって誰でもできると思ったら、大間違いなのよ！」

腰に手を当てて開き直るナスリーンに、潼雲はむっとした。

「何事も努力すれば一定の成果は見込めるはずだ。成果がまったく表れないということは、努力の仕方、あるいは方向性を誤っている可能性がある！」

「わけのわからないこと言わないでよ！　それに、私はいつもシディと一緒に馬に乗るからいいの！」

「よくもそれでアルスランまで一人で行こうなどと思ったな」

「なんとかなるものよ」

「俺が通りかからなかったら、あのまま干からびていたぞ」

「あなたが通りかかったんだからいいじゃない！」

いらっとしながら潼雲は自分を抑えた。

(青嘉のやつも、どんなに道順を説明しても地図の見方を教えても、方向音痴は治らなかった……努力の問題ではないのかもしれない)

不満を言いつつも、ナスリーンはもう一度馬によじ登り、短い距離ではあるが馬を走らせることに成功した。

「……ほら、ほら、見て見て！　今度はうまくいってるわ！　ほらぁ！」

誇らしげに笑っている。金の髪が馬の尾のように揺れて、彼女が走った後の軌跡《きせき》を描くようにきらきらとした光が追いかけていく。

「――あっ」

突然跳ねた馬から、彼女の身体が落下した。

またか、と思ったが、それでも今回はかなり頑張ったと思う。

「大丈夫か」

駆け寄ると、ナスリーンはむくりと起き上がった。

ちょうどぬかるんだ土の上に落ちたらしい。頭から泥をかぶって、ひどく不快そうに表情を引きつらせていた。

「頑張ったな。今の調子だ。――怪我はないか?」

「見てよこれ! 泥だらけになっちゃったじゃないの、最悪だわ! ああー、お風呂に入りたい」

風呂などあるわけがないだろう、と心の中で毒づく。

「風呂に入りたいなら、さっさと家に帰れ」

「川でいいから、洗いたいわ。着替えだって一着しかないのに!」

仕方なく、近くを流れる川まで馬に乗せて連れていく。

清冽《せいれつ》なせせらぎに引き寄せられるように、ナスリーンは手を差し込んでその冷たさに声を上げた。そしておもむろに、長い金の髪を洗い始める。

「もう、また傷《いた》んじゃう……」

ぶつぶつ言っている彼女を横目に、潼雲も沓《くつ》を脱いで水に足を浸《ひた》した。

心地よい冷たさにほっとする。こんなところで道草を食っているわけにはいかないのだが、一体自分は何をしているのか、と思う。

「ねぇ、ちょっと」

「なんだ」

「しばらく遠くへ行っててよ」

「は？」

「服も脱いで洗いたいの」

はあーと大きく息をつき、潼雲は腰を上げた。このまま置き去りにしてしまおうか、と考える。

「振り返ったら殺すわよ！」

「………」

背中越しにナスリーンの声がしたが、無視した。

川辺から十分に距離を取ったところで、潼雲は岩に腰掛け空を見上げた。果てのない青空を、雲が流れていく。それはいくらか秋の気配を感じさせるもので、そろそろこの草原の夏の終わりを予感させた。

突如、耳をつんざくような悲鳴が響き渡った。

ナスリーンの声だ。

剣を取り、ぱっと立ち上がる。

クルムの兵士がうろついていたのかもしれない。いつでも剣を抜けるように周囲に目を配りながら、ナスリーンのもとへと急いだ。

金の髪が、叢《くさむら》の向こうに見え隠れしている。

「ナスリーン！」

「潼雲！」

腰が抜けたように蹲っているナスリーンは青い顔で震えていた。周囲に人影はない。

「何があった⁉」

「へ、蛇が……」

彼女の視線の先には、さほど大きくはない蛇がその身をくねらせて地面を這っていた。

なんだ蛇か、と一瞬思ったが、毒がある可能性もある。潼雲は慎重に近づき、近くの石を手に取ると蛇に向かって投げつけた。

相手はナスリーンにも潼雲にもさほどの興味を示さず、静かに叢の中に姿を消していく。

ほっとしてナスリーンに目を向けると、身体を丸めて震えている。着替えの途中だったらしく、衣ははだけていて、大きく開いた白い背中が眩《まぶ》しいほどだった。

「おい、もう大丈夫だ。追い払った」

「……本当?」

涙目で顔を上げる。

そして、はっとしたように衣を搔き合わせた。

「ちょっと、あっち向いててよ!」

「助けてやったんだろうが!」

そう言いつつも、そこは潼雲も素直に背を向けた。

「絶対こっちを見ないで!」

「見てない」

「……遠くに行かないでね!」

怖いから傍にいてほしいと、素直に言えないのか。

そう考えて、苦笑した。

やはり、芙蓉に似ている。

「――おい」

「何よ」

「その傷は、どうしたんだ」

先ほど目にした、眩しいほどの白く美しい背中。

その肩甲骨《けんこうこつ》のあたりに、矢傷と思《おぼ》しき痛々しい痕《あと》がはっきりと残っていた。

途端に、腰に何かがぶつかった。転がっていたのはナスリーンの長靴《ちょうか》だ。

「変態！　覗《のぞ》いたのね！」

「違う、さっき見えたんだ！　不可抗力だ！　目に入っただけだ！」

「私の裸を見たって、シディに訴えてやる！」

「背中だけだ、背中だけ！」

言い返しながらも、振り返ることはできない。

背後でがさごそと急いで身支度を整えているらしいナスリーンは、しばらく憤懣《ふんまん》やるかたないといった様子だった。

「これはね、名誉の傷なの」

「名誉？」

「シディを狙った矢を、私が身を挺《てい》して防いだの。偉大なるクルムの左賢王を、未来のカガンを守った傷なのよ。だから、誇らしいものだわ」

「……へぇ」

意外だった。

世間知らずで我が儘なだけのお嬢様かと思っていたが、夫のために自《みずか》ら盾《たて》になったということか。その気概《きがい》と誇りは、好ましいものだった。

「そうか。それは……立派な行いだ」

「そうでしょ」

「──どうやら、お前を見くびっていたようだ」

「え？」

「普通の娘なら、自分の身体に傷がついたことを嘆《なげ》くだろうに。お前はそれを、誇りだと言うんだな」

すると、ナスリーンは黙り込んだ。

やがて、洟《はな》をぐすぐすとすするような音が聞こえてくる。

泣いてるのか、と潼雲は慌てた。

「おい」

泣かせるようなことを言ってしまったのか。

「……醜かった？」

「何？」

「私の傷、見苦しいでしょう。シディはいつも、この傷を見るたびに悲しそうな顔をするわ。女の身体に傷があるなんて、嫌よね――」

瀧雲は振り返った。

衣を着込んだナスリーンは、こちらに背を向けて静かに泣いていた。

「お前の夫は、その傷を醜いと言ったのか」

ぶんぶんと、ナスリーンは首を横に振る。

「シディはそんなこと言わない」

「では、お前が自分でそう思うのか」

「これでも、国元じゃ花が香るような美人って評判だったのよ。その肌は滑《なめ》らかで、真珠が人の形をとったようだと詩人にも謳《うた》われたわ。……もうそんなふうには誰も言わないでしょうけど」

「称賛を受けられないことが、惜しいのか？」

「違うわよ。ただ……ただ……たまに鏡を見ると……」

「名誉の傷と言ったのは嘘か」

「名誉よ！　私の誇りよ！」

「俺もそう思う」

潼雲は大きく頷いた。

涙を湛《たた》えた青い瞳が、彼に向けられる。

「お前の夫は、よい妻を迎えた。幸せな男だな」

細い体が少し震え、白い頬を、涙がつうと伝った。

真珠のように滑り落ちる雫《しずく》に、思わず視線が引き寄せられる。

ナスリーンは袖《そで》で涙をごしごしと拭《ぬぐ》うと、少し恥ずかしそうに笑った。

「──ええ、私もそう思うのよ！　私って、最高の妻よね！」

自分に言い聞かせているのか、その笑顔はいくらかぎこちない。

潼雲は不思議と、そんな彼女から目が離せなかった。

胸の内に、不可思議な感覚が湧き上がる。

しかしそのことに、彼は気づかないふりをした。

ナスリーンに馬の乗り方を教えることは、もはや諦《あきら》めた。黙って乗せていったほうが効率がよい。そう悟って、潼雲は無心で馬を駆った。

自分はこういう星の下に生まれたのだろう、と思う。つまり、気の強い女に振り回される役回りだ。それが性分《しょうぶん》に合っているのかもしれない。

休憩のため、花が咲き乱れる平原で馬を降りた。

だんだんと味も慣れてきたアーロールを咀嚼《そしゃく》しながら、少し離れたところで機嫌よく花を摘《つ》んでいるナスリーンに視線を向けた。

ナスリーンは、摘んだ花を繋ぎ合わせて輪を作っている。でき上がったそれを自分の頭に冠のように被《かぶ》り、嬉しそうにしていた。

昔、野に咲く花を摘んで芙蓉に贈ったことがある。薄紅色で、芙蓉によく似合うと思ったのだ。幼かった彼女は嬉しそうにしていたものだ。

碧成が彼女を見初《みそ》め、寵姫《ちょうき》となり、部屋いっぱいの芙蓉の花に喜ぶようになって、花を贈ろうなどと思うことはなくなった。何を捧《ささ》げても、皇太子の贈り物に比べれば見劣りしてしまう。もはや、そのあたりに咲いている花など見ても、芙蓉は笑みのひとつも浮かべない。どんなものより『殿下からの贈り物のほうが上』だからだ。

水を飲み下し「そろそろ行くぞ」と声をかける。

するとナスリーンは顔を上げ、軽い足取りで駆けてくる。

そしておもむろに、馬の頭に自分と同じような花冠を載《の》せてやった。

「うふふ、こうしたら馬も可愛らしいわね」

満足そうに眺めている。

「全身お花で覆ってみるのはどうかしら。きっと華やかで可愛いわ。それなら乗るの頑張る」

「そんな馬、ろくに走らせられやしない。——ほら、乗れ」

「あ、待って」

馬が煩《わずら》わしそうに首を振り、花冠がとさりと落下した。

それを拾い上げると、ナスリーンは不意につま先立ちになって背伸びした。そうして、潼雲の頭にぽんと置いてやる。

「おい」

「あははっ、案外可愛いわ」

愉快そうに笑うナスリーンに、潼雲は渋面《じゅうめん》を作った。

さすがに自分が花の似合う男だなどとは思わない。これが飛蓮《ひれん》あたりであれば話は別であろうが。

すぐに除《の》けてしまうと、ナスリーンは抗議の声を上げた。

「ああ、取らないでよ。せっかく作ったのに」

取り返そうと手を伸ばす。

その様子が面白かったので、潼雲はわざと高い位置にまで持ち上げた。ナスリーンの背《せ》丈《たけ》では、手を伸ばしても届かない。

彼女はぴょんぴょんと跳ねた。

「ちょっと！　ずるいわよ！」

潼雲は意地悪く、くつくつと笑った。

「ほら、返すよ」

彼女の頭部にぽんと載せてやる。

ナスリーンはむっとしたようにこちらを見上げた。

互いの顔が、思いのほかすぐ傍にあった。花に彩られた金の髪が、ちかちかと輝いて見える。

ふわりと、花の香りがした。

（——花が香るような、美人）

彼女が自分のことを、そう表現したのを思い出す。

しかし慌ててその考えを打ち消した。
「……もう、行くぞ」
潼雲は彼女に背を向けながら、ナスリーンには絶対に言わない、と固く心に決める。
本当は、傷のある背中を見た時——美しいと思ったことを。
真珠のような肌に穿《うが》たれたその痕すら、芸術のようだと。
馬に跨り、ナスリーンに手を伸ばす。
引っ張り上げた時の白い手の柔らかさとぬくもりが、妙に記憶に深く刻まれた。

四章

平原に、累々《るいるい》たる遺体が折り重なっている。荒涼としたその世界は動く者を失い、風化するだけの寂《さび》しげな色を纏《まと》っていた。

雪媛《せつえん》はその中を、ゆっくりと馬で進んでいく。

すでに、戦《いくさ》の決着はついたようだった。生きた者の姿は、どこにもない。

（どちらが勝った？）

不安が胸の中に広がった。もしもこの遺体の中に、青嘉《せいか》の姿を見つけてしまったら――。

付き従う芳明《ほうめい》は死臭《ししゅう》に口元を押さえ、天祐《てんゆう》の目を覆《おお》ってやっている。

そこへ、丘の向こうを確認しに行ったムンバトが馬で駆けてきて、「おおい」と手を振った。

「――勝った！　シディヴァ様が、勝ったんだ！」

彼は表情を輝かせている。

「向こうに左賢王《さけんおう》軍の仲間が一部残っていたから、話を聞いてきた。タルカン軍は降伏して、シディヴァ様はその勢いのまま、アルスランへ攻め上ったらしい！」

「勝った……」

雪媛は思わず呟《つぶや》き、安堵《あんど》の息をついた。

「青嘉も無事だって。タルカンと直接剣を交えたらしい。最後は、シディヴァ様との一騎打ちだったんだってさ。ああー、俺もこの目で見たかったな！」

「では我々も、アルスランへ向かおう」

「……なぁ雪媛。あんたはナスリーンのいる夏営地《かえいち》へ向かったらどうだ？　向こうにいる隊が負傷者を連れて、これから領地に戻るんだ。送らせるよ。あんたが無事だということは、俺がシディヴァ様にも青嘉にもちゃんと伝えるからさ」

その提案に、雪媛は首を横に振った。

「ありがとう、ムンバト。でも、この戦が起きるきっかけを作ってしまったのは私だ。自分だけぬくぬくと、安全な場所に引っ込んでいるつもりはない。――芳明」

「なんでしょう？」

「お前と天祐はここで別れて、シディの夏営地で待て」

芳明は心外そうに、きゅっと柳眉《りゅうび》を逆立てた。

「何をおっしゃいます！　雪媛様のお傍《そば》を離れるつもりはありません」

「だが、この先もまだ戦が続いているんだ」

「だからこそです！　一緒にいます」

決して引かない様子に、雪媛は肩を竦《すく》めた。これは言っても聞かなそうだった。

（シディヴァはタルカンに勝った。でも……まだ、オチルがいる）

娘の死を願っていたあの男。

恐らく、未来の歴史でシディヴァを暗殺したのは彼だ。アルスランで企《くわだ》てられた暗殺未《み》遂《すい》はいずれも失敗していたが、本来であればさらになんらかの罠《わな》が仕掛けられていたのかもしれない。

しかし雪媛が現れたことで、何かが捻《ね》じ曲がった。史書には暗殺、と書かれていた。左賢王が謀反《むほん》の末に誅殺《ちゅうさつ》される、などという筋書きではなかったはずだ。

京《きょう》が発端《ほったん》となり、ナスリーンが囚《とら》われ、そして雪媛が囚われたことは、あるべき流れではなかったに違いない。その結果のこの戦も、本来は起きてはいなかったのではないか。

（きっと、もう歴史は塗り替わっている。それでも、シディヴァが生き残れるかどうかはわからない――）

見届けなくてはならない。

そしてもしもシディヴァが死を回避し、新たな世界を創ることができたなら——自分もまた、何かを変えられる気がした。


アルスランの城門は、固く閉ざされていた。

それを見つめるシディヴァは、気に入らないというように眉を寄せている。

彼女の背後には数万の軍勢が控えている。翻《ひるがえ》る旗の数は膨大《ぼうだい》で、大地を埋め尽くすほどに見えた。それは、アルスランへ至る道程《みちのり》で徐々に膨《ふく》れ上がり、今やカガンの軍勢をも上回る数となっている。

もともとシディヴァ支持を表明していた族長たちが駆けつけてきたのもあるが、アルスランの手前に置かれていた防衛のための軍が、タルカンが敗れたと知り次々にシディヴァ側に降《くだ》ったのだった。

そのあたりから、シディヴァは機嫌が悪かった。

戦わずして敵を破ることは何にも勝る、と青嘉は思っている。当然優秀な指揮官でもある彼女もそれはわかっているはずだ。

だが、これは彼女とオチルの雌雄《しゆう》を決する戦いなのである。ろくに戦いもせずどんどんと丸裸になっていくオチルに対し、シディヴァは失望のような想いを抱いているようだった。

　そうしてほとんど戦らしい戦もなくアルスランまで辿《たど》り着いたシディヴァたちだったが、そこは完全に門を閉ざして籠城《ろうじょう》の構えを見せていた。

「ここで待て」

　一人、馬を門の前に進ませる。

　城壁の上から、兵士たちが彼女を見下ろしていた。

　すう、と息を吸い込む。

「――左賢王シディヴァが、カガンにお目通り願う！　門を開けよ！」

　その声は大きく反響し、波が打ち寄せるかのようにあたり一面に響き渡った。

　やがてその残響がこだまして消えていくと、しんと静寂《せいじゃく》が満ちた。

　返事は、ない。

　門もまた、沈黙のまま閉じている。

　シディヴァは舌打ちすると、高い城壁を見上げた。

「あなたの言う、謀反人がここにいるのだ！　クルムのカガンが、石の城に閉じ籠《こ》もって戦おうともしないのか！」

後方に控えていた青嘉は、オチルの考えも理解できる、と思いながら彼女の背を見つめていた。

右腕であったタルカンが敗北し、族長たちも次々とシディヴァの味方についたのだ。まともに戦って勝ち目がない故《ゆえ》、籠城という方法しかなかったのだろう。

応答は一切ない。話し合うつもりもないらしい。

シディヴァが戻ってくる。

「カガンはどこまでも、石の城がお好きなようだ」

「籠城は、援軍があってこその有効な策です。カガンに従う者は少なくなったとはいえ、皆無ではないでしょう。後方に警戒を」

青嘉が進言すると、ユスフが肩を竦めた。

「さっさと攻めよう。援軍など来る間もないうちに城を落としてしまえばいい」

「雪媛がいる。あいつが人質になっている以上、下手《へた》に動けない」

そう言ってシディヴァは青嘉にちらりと目を向けた。

「正直、城壁の上に雪媛が立たされて、こちらが投降しなければ殺すとでも言われるかと思ったがな。切り札として取っておくつもりか、それとももう、瑞燕国《ずいえんこく》に引き渡されたか……」

「あるいは、カガンが手放さないのかもしれません」

為政者は彼女を望む。神女《しんじょ》としての彼女の存在は大きな価値だ。

「兵を休ませておけ。明日の朝、もう一度だけ交渉を持ちかける」


夜が更《ふ》けると、シディヴァの軍営は煌々《こうこう》と明かりを焚《た》いた。夜の間も、これだけの数の兵が街を取り囲んでいるのだと城内に知らしめるためだ。闇の中に揺らめく数多《あまた》の炎は、城の住人にとっては恐怖の対象だろう。戦の前のひりひりとした空気が流れ、静かでありながらも緊張感に満ちた気配が漂っていた。

シディヴァは自分の幕舎で一人、アルスランの街の詳細な見取り図を広げていた。少しは眠ったほうがいいと思いながらも、なかなか寝付けそうにない。

「──シディヴァ様」

外から、見張りの兵の声がする。

「なんだ」

「ご領地から使いが参っております。火急の要件だと」

「通せ」

姿を見せた男は、身を縮めるように膝《ひざ》をついた。

「シディヴァ様、このような時刻に申し訳ございません。ですが、一刻も早くお知らせしたほうがよいかと……」

「いい。何事だ」

彼はひどく視線を彷徨《さまよ》わせ、口ごもった。

「それが……ナスリーン様のことで……」

シディヴァは一瞬息を呑んだ。

「ナスリーン？」

最悪の報告を想定した。

戦に出る前、最後に見た彼女はまだ意識が戻らず、青白い顔で力なく横たわっていた。

ツェレンは大丈夫だと言っていたが、万が一のことがないとは限らない。

「まさか、あの毒のせいで――」

「いえ、いえ！　ご病状はすっかり快復されたのです！　快復、されたのですが……快復、したせいで……」

「さっさと言え！」

怒鳴りつけられた男は震え上がった。

「い、いなくなってしまわれたのです！　身の回りの品と、馬が一頭いなくなっておりました」

「……いなくなった？」

「最初は何者かに連れ去られたのではと思いましたが、その形跡はなく、どうやら誰にも言わず一人で出ていってしまったようなのです。馬を乗りこなせない方ですので、すぐ近くにいるだろうと皆で散々探し回ったのですが、見つからず……申し訳ございません！」

シディヴァは無言で立ち上がると、自分を律するように拳を握りしめた。

ナスリーンの無邪気な笑顔を思い出し、「馬鹿が」と吐き捨てる。病《や》み上がりに一人で一体どこへ行こうというのか。

もしや、タンギラに戻るつもりだろうか。生死を彷徨い、自分の置かれた危険な立場に気づいて、もうこんなところにはいられないと思ったのか。

（そんなこと、絶対に許さない）

「……いなくなる前、どんな様子だった。何か言っていなかったのか」

「純霞《じゅんか》殿の話では、柳《りゅう》雪媛のことを話していて顔色が変わったと。その、ナスリーン様の身代わりで柳雪媛がカガンのもとへ残ったのだと聞いて、思いつめた様子だったと……」

「……雪媛の」

（まさか、雪媛を助けようと飛び出したのか？）

ナスリーンが駆けつけたところで、何ができるわけでもあるまい。

それでも、何かせずにはいられない性分《しょうぶん》であろうことは、彼女が一番よく知っている。

「アルスランへ、向かっているのかもしれない」

「こちらへ、ですか。しかし道中も散々聞き込みを重ねたのですが、誰も見た者がおりません。金の髪は珍しいですから、噂になってもよさそうなものです」

「ナスリーンが長距離を一人で馬に乗って旅をするのは不可能だ。どこかで落馬しているに決まっている」

再び最悪の事態を想像し、シディヴァは舌打ちした。

「兵を出すから、徹底的に探せ！　見つからなければお前の首と、お前の家族の命はないからそのつもりでいろ！」

「……承知いたしました！」

彼が覚悟を決めたような顔で出ていくと、入れ替わりに慌《あわ》てて駆け込んできた兵士が
「シディヴァ様！」と膝をついた。

「今度はなんだ」

「どうかこちらへおいでください！　ユスフ殿が……！」

それでようやく気がついた。なにやら外が騒がしい。

すでに夜更けだ。夜襲か、とシディヴァは身構え、脇に置いていた剣を手に取る。

「ユスフが？　何があった？」

「シディヴァ様を急ぎお呼びするようにと」

足早に、篝火《かがりび》に照らされた陣内を進む。

暗闇の向こうに人だかりができて蠢《うごめ》いている。彼らはシディヴァの姿を見ると、さっと道を開けた。

視界が開けると、そこにはユスフの姿があった。

怪我《けが》をしている様子はない。安堵しながらもそれを悟られぬように、シディヴァは人知れず胸を撫で下ろした。

「ユスフ。どうした」

彼はシディヴァに気づくと、にやっと笑って地面に転がっているものをこちらに向かって無造作に足で押しやった。

「シディ、我が最高の伴侶《はんりょ》。お前に捧《ささ》げる」

彼の足下に蹲《うずくま》っているのは、一人の男だった。

「クルムの、カガン殿だ」

闇の中で、炎の爆ぜる音が妙に耳に響く。

一見すると西域《せいいき》の商人のような恰好《かっこう》。あちこち衣《ころも》が破れ血がついているのは抵抗したからだろうか。編み込まれた長い黒髪は乱れていた。後ろ手に縛り上げられ、地に膝をついている。

暗がりの中で俯《うつむ》いているので、顔がよく見えなかった。ユスフは彼の髪を無造作に掴むと、ぐいと顔を上げさせた。兵士の持つ松明《たいまつ》が、その髭面《ひげづら》を赤々と照らす。

オチルは彼の娘と視線を合わせようとはしなかった。視線を下に向け、唇を噛みしめている。

「城の周囲を警戒して巡回していたら、こんな夜中にうろついている怪《あや》しい馬車を見かけたんでね。中を検《あらた》めたら、カガンご一行様だ」

くい、と顎《あご》で背後を示す。

そこにはオチル同様に縄を打たれたツェツェグと、その息子アルトゥの姿がある。青ざめた表情でこちらを窺《うかが》っていた。

「俺はてっきり、次に会うなら戦場だと思っていましたよ、カガン」

さらに髪を強く引き、ユスフはオチルの耳元で囁《ささや》いた。口元には、嘲《あざけ》るような笑みが浮かんでいる。

「戦いもせず城に閉じ籠もっただけでも情けない限りだというのに、夜中にこそこそと秘密の抜け穴から逃げ出すとはね」

　突き飛ばすように手を放す。

　オチルは這《は》いつくばって地に伏した。

「――どこまでもがっかりさせてくれるお方だ」

　笑みは消え、ただ底なしに冷え冷えとした目で、ユスフは足下の男に剣を向ける。ひたりとその首に刃《やいば》が当たった。

　シディヴァは、何も言わなかった。

　ユスフが口にしたことがすべてだった。

　心底、彼女は失望していた。

　オチルに。

　クルムのカガンに。

　自《みずか》らの父である人物に。

「どうしたのです」

　騒ぎに気づき、青嘉が人垣を掻き分けながらやってきた。彼は一人ではなく、伴う者があった。

その人物が口を開く。

「なんの騒ぎです」

その声に、はっとしたようにオチルは顔を上げた。

驚きに満ちた目は見開かれ、わなわなと身体を震わせた。

「……お前」

信じられないというように喘《あえ》ぐ。

「裏切ったのか、タルカン！」

自らの弟であり誰より忠実な臣下であったタルカンの姿を認め、オチルは喚《わめ》いた。

タルカンは冷静な様子で、じっと兄を見据える。

「死んだと……お前が討たれたというのは嘘だったのか」

オチルは呻《うめ》くように呟く。

「お前はシディヴァに、敗北したと……」

タルカンは何も言わない。

「裏切り者が！」

「叔父《おじ》上はカガンのために戦って、負けたのです。そしてそれを殺そうが生かそうが、勝者たる私の一存」

「役立たずが！　小娘に負けるとは！」

喚くオチルを、タルカンは憐《あわ》れむように見つめた。

「――で？　叔父上が死んで、もうだめだと思って逃げ出したのですか？」

シディヴァが冷ややかに尋《たず》ねた。

「都の民《たみ》をすべて捨てて、妻と子だけ連れ、一体どこへ行くつもりだったのでしょうか」

「カガンを解放しなさい！」

甲高《かんだか》い声が響く。

ツェツェグは青ざめながらも、ぎりりとシディヴァを睨《にら》みつけた。

「その方はお前たちの主《あるじ》よ！　このような真似、許されないわ！」

「うるさいから黙らせておけ」

シディヴァの命《めい》で、ツェツェグには猿轡《さるぐつわ》が嚙まされた。悲鳴を上げて抵抗していたが、やがて聞こえなくなる。

「母上！　やめろ、母上を放せ！」

アルトゥが声を上げた。涙目で息子を見つめるツェツェグは悲劇の母親そのものだ。

シディヴァはおもむろに、剣を抜いた。

ぎらりと光る刀身を見せつけるかのように、オチルの眼前に向ける。

「儂《わし》を、殺すか」

一代で草原を平らげた男は、さすがに動じなかった。

「いつかこんな日が来ると思っていた。誰かが儂のすべてを奪う。それが――お前とはな」

懐《なつ》かしむように、オチルは語りだす。

「幼い頃のお前は、よくほかの男の子たちと競っていたな。弓に剣に馬に……勝つと誇らしげに儂に報告した。よくやったと褒《ほ》めてやると、嬉しそうに笑っていた。成長して、女なのだから男と同じことをするのはもうよせと言うと、ひどい癇癪《かんしゃく》を起こしたものだ」

そこにあるのは、父親の表情だった。

「お前が嫁《とつ》ぎ先から戻ってきて戦へ出たいと言った時、儂はそれまでの自分が間違っていたかもしれぬと気づいた。お前は女だが、戦士だ。儂の血を受け継ぐ、草原の勇者となる者。お前こそが儂の後継ぎにふさわしいのかもしれない……そう考えた時の高揚感は、今でも忘れぬ。そうしてお前は、確かに強くなった。お前が儂に勝利を報告する度《たび》、幼かったお前を思い出した。お前はいつも、儂に認められたがっていた。ああ、そうだ、お前は間違いなく誰より儂に近づいていたのだ。その高みに。そして、近づきすぎた。お前は、儂にとって最も頼りになる息子であり、そして、儂にとって誰より危険な敵となった。それが――」

「おい」

つまらなそうにオチルの言葉を遮《さえぎ》ると、シディヴァは切っ先でその顎をぐいと上げた。

「何言ってんだ、おっさん？」

オチルは目を剝《む》いた。

これまで自分に対しては臣下としての礼を尽くした言葉を使っていた娘が、唐突にぞんざいな口をきいたのだ。

彼女は首を傾《かし》げている。

「あんたまさか、俺があんたを父親として慕《した》っているとでも思ってるのか？　子供の頃みたいに憧《あこが》れて、あんたに認めてもらいたがっているとでも？」

「お前、父に向かって……！」

「――頭茹《ゆ》だってんのか？」

冷ややかなシディヴァの殺気に、オチルはぞくりとしたように身を強張《こわば》らせた。

「あんたは、俺をどこに嫁に出した？　いいや、あれは嫁入りなんてもんじゃない。あんたは、俺を、殺したんだよ」

ぐしゃり、とオチルの頭を長靴《ちょうか》の底で踏み潰《つぶ》す。

言葉の内容とは裏腹に、シディヴァに激高する様子はない。地面にめり込んで歪《ゆが》んだ父親の顔を平然と見下ろしながら、口調はあくまで酷薄《こくはく》だ。

「俺があそこでどんな仕打ちを受けるか、わかってたよな？　やつらはただでさえ女の扱いが悪かった。気に入らないと殴られ、蹴られ、寝る間もなく働かされる。足を引きずっている女、やけどを負った女、あそこの女はそんなのばかりだった。俺は何かあればすぐに殺される人質だ。俺は自力であそこを抜け出した。……で？　そんな娘は自分のことが大好きだろうってか？」

シディヴァは心底おかしくなって笑った。

「草原では、強い者が生き残る。今のあんたは、ぶくぶく太ってまともに戦うこともできなくなった、ただの面倒くさいおっさんだよ。淘汰《とうた》されるべき存在だ」

「シディヴァ……！」

「俺が高みに近づいた？　違うな、あんたが自分で転がり落ちたんだ」

「お前、お前は、自分の父を……！」

シディヴァは五月蠅《うるさ》そうに、オチルの顔を蹴り上げる。

「これ以上がっかりさせないでくれ。カガンというものがあまりに矮小《わいしょう》だと、それを名乗りたくなくなる」

「…………！」

鼻から血を流しながらわなわなと震えているオチルを捨て置き、ユスフを呼んだ。

「馬車に乗っていたのは、この三人だけか」

「馬車にはね。あとは護衛の兵と、巫覡《ふげき》が馬で随行《ずいこう》していた。兵は殺したし、巫覡は向こうにいるよ」

「そうか」

再び自分の父親に問いかける。

「柳雪媛は、どこだ？」

その言葉に、状況を見守っていた青嘉がぴくりと反応する。

「瑞燕国皇帝の寵姫《ちょうき》、柳雪媛を、そこにいるあんたの妻が捕らえたはずだ。城の牢か？」

オチルは答えなかった。

ただ、わずかに笑みを漏《も》らす。

「では、そちらに訊《き》こう」

そう言ってシディヴァは、アルトゥの首根っこを掴むと自分に引き寄せた。驚くアルトゥの首筋に、躊躇《ちゆうちよ》なく剣を突きつける。

ツェツェグが身を乗り出し、もごもごと何事か叫んでいた。

「柳雪媛はどこだ？　答えれば息子は助けてやろう」

ユスフが心得たように猿轡を外した。

自由に口がきけるようになったツェツェグは、血管を浮き上がらせて叫び声を上げる。

「その子を放しなさい、卑怯者《ひきょうもの》！」

「母上！」

「アルトゥ！　アルトゥ！」

「柳雪媛はどこだ」

「知らないわ！　私はカガンにあの女を引き渡しただけで、後のことは……」

アルトゥが悲鳴を上げた。刃が皮膚に食い込み血が流れている。

「やめて！　死んでしまう！」

真っ青になるツェツェグに、シディヴァは重ねて問う。

「どこだ？」

はあはあと荒い息を吐きながら、恨めしそうな顔でツェツェグはこちらを見上げた。

「……ここにはもういないわ、アルスランには……」

黙っていられない様子で、青嘉が歩み出た。

「では、どこに⁉」

「………」

「どこだ！」

青嘉の厳しい声に、ツェツェグはびくりと身体を震わせた。

「……ず、瑞燕国……」

「何？」

「瑞燕国の皇帝に、渡したのよ！」

青嘉の表情がさっと強張った。

「見返りは？」

「……りょ、領地の割譲《かつじょう》」

「ふん、お前の気に入りのあの瑞燕国出身の侍女《じじょ》がいないと思ったが、つまりはあの女に雪媛を任せたということか」

シディヴァは剣を下ろした。

安堵したようにアルトゥが項垂《うなだ》れる。

青嘉が駆け寄ってきて、「すぐに雪媛様の後を追います」と鬼気迫った様子で告げた。

「待て」

「早く行かなくては！」

「瑞燕国へ向かうには俺の所領を通らねばならないはず。そんな一行がいればすでに報告

いる」

「海に出れば、陸を行くより数倍早い。そうであれば、もうとっくに彼《か》の国に辿り着いている」

「船……川を下って?」

が入っている。陸路ではないだろう。——船だ」

「…………!」

青嘉は体中から炎を噴き出さんばかりに、切迫した表情で拳を握りしめた。

「それならば、なおさらです。すぐに瑞燕国へ戻ります!」

今にも馬に飛び乗る勢いの青嘉を、シディヴァは胸倉を摑んで止めた。

「お前は国に戻れば捕らえられる身の上だろう、青嘉」

「そんなことはどうでもいい! なんとしてでも、あの方を救い出さなくては……!」

「一国の皇帝から女を奪うなら、肩書があるほうがやりやすかろう。誰にも邪魔されず、正面切って皇宮《こうぐう》へ入る方法がある」

「……?」

シディヴァはうっすらとした笑みを浮かべた。

「新たに即位したクルムのカガンの使いとして、瑞燕国へ赴《おもむ》く。そうすれば向こうも、簡単に手出しはできまい」

徐々に日が上り、草原を染め、城壁を明るく照らし出す。

見張りに立つ兵士たちは、再びシディヴァが城門に向かって馬で駆けてくるのを見下ろした。しかし昨日と違うのは、その馬から縄が伸び、その先に人間が引きずられていることだった。

シディヴァはひらりと地に降り立つと、縄に繋がれた男を片手で引きずり上げ、その顔を彼らに向けた。

誰もが驚愕《きょうがく》した。それは城にいるはずの、彼らの主の顔だったのだ。

「――お前たちのカガン、オチルは捕らえた。降伏し、門を開けよ」

彼女の背後から、縄を打たれたツェツェグとアルトゥも引っ立てられてくると、兵たちはさらに混乱した。しかもそこには、死んだと聞いていたタルカンの姿もあったのだ。

壁の向こうから、騒《ざわ》めきと混乱が伝わってくる。

シディヴァは待った。

やがて、大きな音を立て、門が開き始める。

姿を見せた兵たちは神妙な面持《おもも》ちで武器を捨て、降伏の意を示した。

再び騎乗したシディヴァは、彼らを睥睨《へいげい》しながら門を潜《くぐ》り抜ける。それに続いて、彼女の軍勢も整然と列をなして入城した。

オチルが敗北したという噂を聞き及んだのか、大通りには民衆が集まり始めていた。悠々《ゆうゆう》と進むシディヴァの姿を前に、歓喜する者、不安そうな顔をする者、逃げ出す者と、反応は様々だ。

オチルの愛した石の城もまた、すでに門は開け放たれており、その内外は逃げ出そうとする者たちと左賢王を歓迎する者たちで溢《あふ》れ返っている。彼らはシディヴァの姿を目にすると悲鳴を上げたり、喜びも露《あらわ》に万歳と叫んだりしていた。

城の門前で下馬すると、無遠慮にオチルを繋いだ縄を引く。オチルは項垂れ、重たそうな足をのろのろと前に出した。

取り囲む群衆が、彼女の一挙手一投足を注視しているのがわかった。一体今から何が起きるのか、と怯《おび》えながらも、それを上回る興味の色が強く滲《にじ》んでいる。

「アルスランの民よ。私は謂《いわ》れなき罪を着せられ、カガンから追討《ついとう》の命が下された。皆の前で誓おう。私には謀反の意志などなかった。私が望むのはただ、草原の民の安寧《あんねい》と繁栄である。――だが、降りかかる火の粉は振り払わねばならぬ」

よく通る声が、端々《すみずみ》まで行き渡る。

「我が軍は、カガンに勝利した」

誰もが固唾《かたず》を呑み、彼女の言葉に聞き入っている。

「皆、草原の掟《おきて》は知っていよう。強い者が、生き残る」

縄を引き、オチルの膝裏を蹴りつける。

がくりと崩れ落ち、オチルは膝をついて蹲った。

シディヴァは、剣を抜いた。

「言い残すことはあるか」

それが血を分けた父と娘であると、知らぬ者であれば気づきもしないであろう、情けの欠片《かけら》もない口調だった。

オチルはじっと、暗い目を虚空《こくう》に向けている。

彼の口から弱々しい声が漏れるだろうと、大半の者が考えていた。

しかし、違った。

「――お前も、いずれわかるだろう」

朗々とした力強い声。それは、この捕らわれの男がかつて屈強なカガンであったことを、人々にはっきりと思い起こさせた。

「儂が何故《なにゆえ》、お前の存在を危ぶんだか。自分に匹敵する者、自分より優れている者、自分にはないものを持つ者――それは必ずいるのだ。そしてお前もいつか、恐れるようになる。力を持つほどに、逃れられないのだ、この病《やまい》は……」

その目は仄暗《ほのぐら》く、地の淵《ふち》を覗《のぞ》き込むようだった。宿した闇の中で鈍色《にび》にぎらぎらと光る眼が、シディヴァを捉える。

「王者とはそういうものだ。自分を脅《おびや》かす者を恐れ続ける。お前も必ず――必ずそうなるぞ、シディヴァよ。必ずだ！」

呪いのような言葉を紡《つむ》ぎ出す男を、シディヴァは無言で見下ろした。

そして、

「終わったか？」

とこともなげに両手で剣を握りなおす。

ユスフがオチルの頭を摑んで、ぐいと身体を折らせた。首を差し出す形になったオチルは、唇を引き結ぶ。

目にも止まらぬ速さで、シディヴァは剣を振り下ろした。

どっと重苦しい音を立て、首が石畳に転がる。

胴から離れたその首が視線を向けた先で、民衆が息を呑んでいる。しばらくはひくひくと動いていた目や口元も、やがて力を失い、凍りついたように生気が抜けた。

その髪を無造作に摑み上げ、ユスフは高々と周囲に掲《かか》げてみせた。

「オチルは死んだ！　左賢王シディヴァの勝利である！」

大歓声が広場中から沸き起こる。

兵士たちが盾《たて》と剣を打ち合わせ、足を踏み鳴らした。民衆は興奮したように、声を上げ手を振っている。

「シディヴァ様！　シディヴァ様！」

「我らがカガン！」

歓呼《かんこ》の声に包まれながら、シディヴァは剣についた血を拭《ふ》き取り鞘《さや》に納めた。

胴と首の離れた父の姿に、ちらりと目を向ける。

――お前も必ず――必ずそうなるぞ。

「……ちっ」

低く舌打ちし、顔を背《そむ》けた。

シディヴァが父を討ちカガンとして即位するという噂は、すぐに草原中を駆け巡った。

態度を決めかねていた族長たちも、続々と挨拶《あいさつ》に訪れる。彼女を迎えた都は、大きな混乱もなく新たなカガンを戴《いただ》く喜びに沸いていた。

「改めて、彼らを集めてシディをカガンとして認めるという評定《ひょうじょう》が必要だ。それをもって正式に他国への通達を出す。青嘉には、その使者として瑞燕国へ向かってもらうつもり」

押し寄せる書類に目を通しながら、ユスフは疲れたように眉を寄せて言った。シディヴァと臣下の間に立ち、各所から上がってくる報告と要望を捌《さば》くのは彼で、ここのところ大層忙しそうだった。

「反対する者など出ないだろうけどね。タルカン様もこちらについていることだし」

タルカンは右賢王の地位はそのままに、シディヴァの相談役として傍近くに仕《つか》えている。彼の全面的な支持が表明された以上、この二人に逆らう者はいない。

「出発はいつになるんだ。こうしている間にも、雪媛様が……」

「落ち着けよ。神女である彼女を、瑞燕国が殺すはずがないんだろう？」

「死ぬよりも辛《つら》い生もある。あの方は国を出る前、そういう状態だったんだ」

ユスフは肩を竦めた。

「まぁ待て。シディのカガン即位は確実なものにする必要があるんだ。周到に手順を踏まないと、後々《のちのち》——」

「もう、いい」

青嘉がくるりと踵《きびす》を返し部屋を出ていこうとするので、ユスフが「おい、どこへ行く」と声をかける。

「もう、待っていられない」

「一人で瑞燕国へ行くつもりか？　――おい、青嘉！」

呼び止める声を無視して、つかつかと回廊を進んでいく。

城内はまだ落ち着いたとはいえず、文官たちがせわしなく行き来していた。その合間を縫うように門を目指していると、ちょうど向かいからシディヴァがやってくるのに気づいた。

「青嘉、どうした」

「……失礼します」

頭を下げ横をすり抜けていく青嘉に、シディヴァが怪訝そうな顔をするのがわかった。だがそれも無視して、城を後にする。

その足で市場へ向かい、目下《もっか》必要となりそうな旅の装備を調《ととの》えた。もうすぐ、夏が終わる。草原は冷え込み始めていた。できるだけ早く、瑞燕国へ戻らなくてはならない。

面の割れている身だ。密《ひそ》かに動く必要がある。

（まずは田州《でんしゅう》に入り、瑞燕国内の情勢を把握したい。なんとか江良《こうりょう》と連絡を取れれば……）

門の見張りに立っていたのはすでに顔なじみになった兵士で、気軽な調子で「どちらへ？」と尋ねられたが、青嘉は答えなかった。

「――はっ」

掛け声をかけて、馬を走らせた。

肩越しに、アルスランの城壁を振り返る。

この国で生きていくのもよいかと、そう思っていた。雪媛が一緒ならば。

（だがやはり、俺の居場所はここじゃない）

それきり振り向かず、真っ直ぐ前を見据える。

帰るのだ、瑞燕国へ。彼女のいるところへ。再び得たこの命は、そのためにあるはずだった。

門の外では、青嘉とは反対にアルスランへと向かう人々が列をなしている。新たなカガン即位の噂に、儲《もう》けの種を期待する抜け目のない商人たちや、仕事を求める者、シディヴァを一目見ようという物見高い者まで、各地から一斉に押し寄せているのだ。

青嘉はその流れに逆行するように、彼らを横目に駆けていった。

ふと、光が一筋、視界の端を通り過ぎたように思えた。残光が一本の道のように、その軌跡を曳《ひ》いている。

光を纏い、すれ違った騎影《きえい》。

揺れる長い黒髪の残像を追うように、青嘉は視線を巡らせた。

息を呑み、目を疑う。

慌てて手綱《たづな》を引いて立ち止まった。

振り返ると、相手もまた、馬が棹立《さおだ》ちになる恰好で急停止したところだった。騎乗している人物が、驚いたように声を上げる。

「…………青嘉？」

雪媛が、輝く黒い眼を見開いている。

気づいた時には、青嘉は馬から飛び降りていた。

引き寄せられるように、幻のようなその光に向けて駆け出す。

「雪媛様……！」

馬を降りようとする雪媛の姿が、ゆっくりと時を刻むように目に映った。

地上へ降り立つより先に、自分の両腕がその身を受け止めた。陽光に煌《きら》めく黒髪がふわりと降ってきて、彼を包み込むように風に流れる。

雪媛の足は、宙に浮いている。彼の肩に覆いかぶさるような恰好で、背に腕がきつく回されるのを感じた。

顔を覗き込む。

確かに、雪媛だった。

胸の鼓動が大きくなり、青嘉は喘《あえ》ぐように息を吐いた。

「お怪我は、ありませんか」

「……うん」

「どうして、ここに……瑞燕国へ、連れていかれたと聞いて……」

「……うん、逃げてきた」

雪媛の腕に、ぎゅっと力が籠《こ》もる。

青嘉は泣きだしたくなった。そうして、強く抱きしめる。

「お守りできず、申し訳ございませんでした」

すると雪媛は、少し笑ったようだった。

「いや、お前が――王青嘉が私を助けてくれた」

「え？」

ふふ、と密やかな笑い声が聞こえる。

「なんでもない」

そう言って、青嘉の肩に頬を埋《うず》める。

青嘉はしばらく動けなかった。

手を放せば幻になってしまいそうで、その腕をすり抜けていかないようにと願いながら、確かめるように抱きしめる。

彼らを見守る、懐かしい人々の存在にも気づかないほどに。


抱き合う二人を眺めながら、飛蓮《ひれん》は不思議な感覚に陥《おちい》っていた。

胸が、苦しい。

息が浅くなり、足の感覚がおぼつかない。思わず、ぎゅっと胸元を握りしめた。

「あの人、前に村に来たことあるよね？」

天祐が青嘉を指して、母に尋ねる。

「ええ、そう。青嘉殿よ」

芳明は微笑ましそうに笑っている。

「陛下に向けていた笑顔とは、全然違う。雪媛様のあんな顔、初めて見るわ」

「ほうか？　雪媛様はいつも、あんな目で青嘉を見ちょったけどな」

瑯が首を傾げた。

「ええ？　じゃあなに、瑯は気づいていたっていうの？　雪媛様のお気持ちに」

「あの二人が好き合《お》うとるちゅうのは、匂《にお》いでわかる。芳明はわからなかったのか？」

「そんな匂い、普通は感じ取れないのよ」

「前はほんの少しの、箱に閉じ込めたような匂いだったけんど。今は、花みたいじゃの」

飛蓮には、瑯の言葉の意味が少しわかる気がした。

あの二人の姿からは、何も聞かずとも伝わってくる。

互いに、どれほど想い合っているのか。そして国を出て以来、二人がどんな時間を過ごしてきたのか。

指先から、視線、息遣《いきづか》い、触れ合った影形――二人のすべてが和合し、溶け合うように見える。

そんな二人から、自分までの距離が急激に遠ざかった気がした。

暗い暗い断崖が間に口を開けていて、大きく分かたれているようだ。

手を伸ばしても届かず、声をかけても響かない。そんな、分厚い緞帳《どんちょう》の向こうに雪媛が行ってしまったように思われた。

喉《のど》が、干上《ひあ》がる。

自分で自分に驚いていた。

雪媛と初めて目が合った時、自分のものにしたいと思った。瑞燕国で最高の地位にある女を手に入れたかった。

彼女に救われ、仕えるようになって、この人の役に立ちたいと思った。尊敬していたし、憧れてもいた。

だが、どうやら事はもっと単純で、そして深刻だった。

（俺は、あの方の心が欲しいんだ――）

五章

「見えた！　アルスランよ！」

馬上でナスリーンが身を乗り出す。彼方《かなた》に姿を現したクルムの都の姿を、潼雲《どううん》は注意深く見つめた。

結局、ナスリーンを連れてここまで一緒に来てしまったのだった。

というのも、シディヴァが勝利しカガンに即位するという話を聞いたからである。雪媛《せつえん》たちとの合流を目指していたが、いつの間にかシディヴァは瞬《また》く間《ま》にアルスランまで攻め上っていた。恐らく雪媛たちもアルスランへ向かったであろうと考え先を急いでいたところに、後方の守りとして置かれていた左賢王《さけんおう》軍の一部と合流することができた。

そこで、シディヴァ勝利の報を耳にしたのである。

「シディが勝ったんだわ！　早く、早くアルスランへ行かなくちゃ！」

ナスリーンがシディヴァの妻だということは、潼雲にとってはまだ半信半疑なところがあった。しかし左賢王軍の兵士たちは皆彼女のことを見知っているらしく、その部隊を率いる将官が彼女に礼節をもって遇する様子に、納得せざるを得なかった。

（本当なのか――）

それならばナスリーンのことは彼らに任せよう。十分な守りでアルスランまで送ってくれることだろう。

そう思ったのだが、ナスリーンはなぜか潼雲に、

「早くアルスランへ連れていって！」

とせがんだ。

「何故《なぜ》俺が。彼らに頼めばいいだろう」

「みんなして帰れって言うのよ！　このままじゃ連れ戻されちゃう」

「当然だろう。安全な場所にいるべきだ」

左賢王が新たなカガンとなるなら、ナスリーンはその妃《きさき》としてクルム第一の女人《にょにん》となるのだ。周囲が彼女の身の安全を第一に考えるのは当たり前だった。

「言ったでしょ、友だちがいるの。無事かどうかこの目で確かめなくちゃ」

そうして潼雲は、再びナスリーンを馬に乗せることになったのだった。

アルスランの城門を目指す人々の列は、長く伸びていた。シディヴァ勝利の話を聞き、

人も物も一気に流入しているらしい。

門を潜《くぐ》って市場を通り抜けながら、潼雲は興味をもって街並みを眺めた。見慣れていた瑞燕国《ずいえんこく》の都とはまったく印象が違う。

行き交う人種は多種多様で、どこかから流れてくる楽《がく》の音《ね》は耳に馴染《なじ》みのないものだ。人々に不安そうな様子はなく、活気に溢《あふ》れ、笑顔がそこここに見える。

（争った跡はない。詳しい状況はわからないが、民《たみ》が犠牲になるような決戦ではなかったんだな）

負傷兵も多くは見かけなかった。無血でこの街を手に入れたシディヴァの手腕がどれほどのものだったのか、そして青嘉《せいか》がどの程度この戦《いくさ》に関わっているのか、と潼雲は考え、少し憮然《ぶぜん》とする。

東西からあらゆるものが入り込んでくるらしく、初めて目にするもの、あるいは見慣れたものも雑多に並んでいる。思わず興味を覚え、馬を引きながら二人並んで、溢れる品を間近に見やりながら進んでいった。

「あっ、これおいしいのよ！　二つちょうだい！」

ナスリーンが慣れた調子で露店の主《あるじ》に声をかける。

「おい、城へ行くんだろう。道草食ってる場合か」

「お腹《なか》が空《す》いたんだもの。こういう熱々出来立てのもの、ひさしぶりだから無視できない！」

それには確かに、潼雲も同感であった。

「はい、食べてみて」

差し出されたのは包子《パオヅ》のような丸い食べ物で、生地《きじ》にはこんがりとした焼き色がついており、大層食欲をそそった。口に含むとほくほくとした香ばしさと肉汁《にくじゅう》の旨味《うまみ》が染《し》み渡る。

「うまい」

「でしょ？」

二人が食べ歩きをしながら周囲の店先を冷やかしていると、宝飾品を並べた軒先から突然、男がまろぶように飛び出してきた。

「これは、ナスリーン様！」

ナスリーンはきょとんとして、やがてあら、と声を上げた。

「おじさん！　私に似合う品は手に入った？」

「いやぁ、ご無事でよかった！　シディヴァ様とカガンが争うことになったと聞いて、心配しておりました！　シディヴァ様は城へ入られるお姿を見たのですが、ナスリーン様はどうされているのかと……」

「ああ、ちょっと……別行動だったの。じゃあ、シディは今、城にいるのね？」

「ええ、族長の皆さまが押しかけているので、謁見《えっけん》でお忙しいとの噂です」

「そうなの。あんなに石の城は嫌って言ってたのに」

「なにしろシディヴァ様は、カガンとなられたのですから！　正式にはまだらしいですがね、もうここらの者はみんなカガンとお呼びしております」

「私、会いに行ってくるわ。また来るわね。今度はシディと一緒に」

「ええ、ええ、お待ちしております！　どうかシディヴァ様にも——いえ、カガンによろしくお伝えくださいい！」

ここまでの会話は、互いにクルムの言葉で話しているので潼雲にはなんと言っているのかわからなかった。

「知り合いか？」

「以前、買い物した時に寄ったことがあるの。シディは城にいるって。行きましょう」

ナスリーンが潼雲の腕を引く。

視線の先には、街のどこにいても目に入る巨大な石造りの城が聳《そび》えていた。近づくにつれ、潼雲の気分は着実に沈み込んでいった。

（そこへ行けば、カガンとなったシディヴァがいる。——ナスリーンの夫の）

どんな男だろうか。

父を殺して玉座《ぎょくざ》を奪うような男だ、さぞ冷酷で粗野で獰猛《どうもう》に違いない。

足取りを弾《はず》ませながら進むナスリーンの横顔を、ちらりと盗み見る。もうすぐ愛《いと》しい夫に会える喜びに満ち溢れていることが、ありありとわかる。

「安心して潼雲。シディには私から、たくさん褒美《ほうび》を出すように言ってあげるわ。ここまで連れてきてくれて、本当に感謝しているのよ」

「処刑されるんじゃないだろうな」

「いやねぇ、それは冗談よ」

「言っておくが、俺は何も見ていない」

「見たくせに」

つんと唇を尖《とが》らせるナスリーンは、すぐにくすくすと笑いだした。

その笑顔につい見入りながら、自分の運命を呪った。

(皇帝に、カガンに……どうして俺の前に現れるのは、そういう者の想われ人ばかりなんだ)

潼雲が突然足を止めたので、ナスリーンは首を傾《かし》げる。

「どうかした?」

「……俺は、ここで別れる」

「え？」

「城はすぐそこだ。一人で行けるだろう」

「やだ、死刑なんて本当に冗談よ？　ちゃんと歓迎されるわ」

「そうじゃない。そうじゃなくて……」

今ならまだ引き返せる。深入りする前に身を引くのだ。

このまま別れれば、傷は浅くて済むはずだった。

「ナスリーン!?」

門から出てきた少年が、驚いたように声を上げて駆けてくる。

「あら、ムンバトじゃない」

「お前！　行方《ゆくえ》不明だって聞いたぞ！　なんでこんなところに……」

「シディはいる？　私が来たって伝えてほしいのよ。——潼雲、ほら行きましょ」

ナスリーンが腕を引く。

「誰だ？」

「ここへ来るまで護衛として雇ったのよ。潼雲というの。シディに褒美を与えてもらうから、一緒に連れていくわ」

少年は胡散臭《うさんくさ》そうな様子で潼雲を睨《にら》みつけながら、「武器は預かる」と手を出す。

なんと言われているかわからなかったが、どうやらあまり歓迎されていないことはわかった。

「やっぱり俺はここで……」

「もー、早く！」

ナスリーンは潼雲の剣を奪い取り、ムンバトへとぽんと渡した。

城の門兵はナスリーンを見るや否《いな》や「あっ！」と声を上げる。彼女はその傍《かたわ》らを通り抜けながら、鷹揚《おうよう》に微笑んだ。

「ご苦労様。ああ、いいのよ、この人は大丈夫。シディに会わせるから」

潼雲は兵たちにも一瞬警戒され剣を向けられたものの、ナスリーンのとりなしによって事なきを得た。

長い回廊を進みながら、潼雲の顔はいよいよしかめっ面《つら》になっていた。

この先にシディヴァがいるのだ。正直、会いたくない。会えば確実に敗北感を味わうだろう。比類なき武将、クルムのカガン。それがナスリーンの夫なのだ。夫の前で嬉しそうに微笑む彼女を見たら、無駄に気持ちが乱れるだけである。

（雪媛様の消息について問いただしたら、すぐにここを出よう）

前方から、こちらに近づいてくる人影がある。

小柄な人物だった。急《せ》かされるように、足早にこちらへ向かってくる。

「——シディ！」

すぐ横でナスリーンの上げた嬉しそうな声に、えっ、と思った。

ナスリーンが駆け出す。そのまま、両手を広げて飛びついた。

「シディ！」

潼雲は意外さに打たれた。

どうやらそれが、左賢王シディヴァであるらしい。

頭の中にあった想像の姿からは大幅な乖離《かいり》があった。

ナスリーンが抱きついた相手は細身で、背丈《せたけ》が潼雲の肩ほどまでしかない。顔立ちはどことなく女性めいていて——。

（ん？）

潼雲はよくよく相手を注視した。

女性めいている、というか——女性に見える。

するとシディヴァは、おもむろにナスリーンの身体を引き剝《は》がすと、右手を振り上げた。

ぱん！　と乾いた音が響く。

潼雲ははっとした。

シディヴァが、ナスリーンの頰を叩いたのだ。

ナスリーンは、呆然として固まっている。

「散々探したんだぞ！　一人で出歩くなんて、何を考えている！」

厳しい叱責《しっせき》に、じわっと、青い瞳に涙が滲《にじ》んだ。

叩かれた頰を白い手で覆《おお》い、ふるふると身を震わせている。

「……ご、ごめ……」

叩かれた頰が、わずかに赤く染まっていくのがわかった。

シディヴァはようやく冷静になったのか、後悔するように自分の右手をぐっと握りしめ、ゆっくりと開く。

「心配、させるな……」

声は揺らぎ、少し掠《かす》れている。

「だって……だって春蘭《しゅんらん》が捕らわれたって聞いて……いてもたってもいられなかったのよ……」

そっとナスリーンの頰を撫でながら、「すまない」と呟《つぶや》く。

「痛むか？」

「痛い……」

涙目のナスリーンが、むくれたように頬を膨《ふく》らませる。

「すぐ冷やさせる。――ムンバト、氷を用意させろ」

「は、はいっ！」

ぴっと背筋を伸ばして返事をすると、ムンバトが駆けていく。

シディヴァはナスリーンを上から下まで眺め、

「怪我はしていないな？」

と確かめた。

「大丈夫よ。――今、誰かさんにぶたれたところ以外は」

「……悪かったよ」

自分の感情的な行いを悔やみながら、どうしたらいいかわからない様子のシディヴァに、ナスリーンはくすりと笑う。

「すごーく、手加減してくれたのよね？　シディが本気で殴ったら、私の顔なんて潰《つぶ》れてるはずだもの」

「……それでも、殴ったりするべきじゃなかった」

「それくらい、心配してくれたのよね」

ごめんなさい、とナスリーンは彼女を抱きしめる。それはとても愛情に満ち、相手を心から労《いたわ》るような仕草だった。

「──そうだ、あのね。馬から落ちて困ってたら、助けてくれた人がいたの。紹介するわ」

二人のやりとりをぽかんと眺めていた潼雲の腕を引っ張って、ナスリーンが「潼雲っていうのよ」と紹介する。

「ここまで連れてきてくれたの。だから、ご褒美をたくさんあげてほしいのよ」

途端にシディヴァに鋭い視線を向けられ、潼雲は思わず息を呑んだ。

「……おい、おいナスリーン！」

小声で、ナスリーンを小突く。

「なによ？」

「こ、これが左賢王シディヴァ、なのか？」

ここまでの会話も、潼雲には何を言っているのかわからなかった。しかし確かに彼女が「シディ」と呼びかけたことだけはわかっている。

「そうよ」

「女、では？」

「そうよ」

「………お前の、夫、では?」

「私はシディの妻よ」

「…………」

ふと雪媛の言葉を思い出した。シディヴァには、妻と夫がいると——。

共通語をシディヴァが口にしたので、潼雲ははっとした。

「南人《なんじん》か?」

「は、はい。穆《ぼく》潼雲と申します」

「ナスリーンが世話になったようだ。道中大変だっただろう。感謝する」

「う、あ、お、恐れ多いことでございます……」

まだ、頭が混乱している。

(え? え? シディヴァが女? ナスリーンがその妻……??)

「春蘭?」

ナスリーンがぽつりと呟いた。

回廊の向こうから数人の人影が近づいてくるのが見えた。

そのうちの一人が雪媛であることに気づき、潼雲は「あっ」と声を上げる。

「春蘭!」

「ナスリーン！」

駆け寄った二人は抱擁《ほうよう》を交わし、ナスリーンは慌《あわ》てて雪媛の顔を覗《のぞ》き込む。

「無事だったのね、春蘭！」

「ナスリーンも。……血色《けっしょく》もいい。元気そうだ」

ほっとした様子の雪媛の目には、慈愛の色が濃い。

「よかった……」

「純霞《じゅんか》に聞いたの。私のためにここに残ったんだって……ごめんなさい」

「やつらはもともと、私をおびき寄せて捕らえるのが目的だったんだ。ナスリーンのせいじゃない」

「酷《ひど》いことされていない？」

「大丈夫」

「あの……春蘭、本当は瑞燕国の皇帝の妃だったたって聞いたわ。本当なの？」

「うん。黙っていてごめん」

「名前も違うのよね？　ええと……」

「雪媛だ。柳《りゅう》雪媛」

「じゃあ私が聞いた駆け落ちのお話、全部嘘ってこと？」

「半分くらいは本当だ。私は陛下から逃げて、青嘉とここまで来た」

雪媛を見守るように、傍らに青嘉が控えている。彼は潼雲の顔を見ると、

「潼雲⁉」

と目を丸くして声を上げげた。雪媛もようやくそれで潼雲に気づき、慌てて駆け寄ってくる。

「潼雲！　よかった……」

「雪媛様、ご無事でなによりです」

「あの後随分《ずいぶん》と探したがどこにも見つからなくて、ずっと心配していたんだぞ。一体どうしていたんだ？　燗流は？」

「燗流《かんる》殿とは、私もはぐれまして」

「そうか。……まぁ、燗流なら無事だとは思うが」

「え。潼雲って春蘭と――あ、ううん、雪媛と知り合いなの？」

「俺は雪媛様にお仕《つか》えしている」

「なんだ潼雲、ナスリーンと一緒だったのか？」

「この娘が馬から落ちているところを拾いました」

雪媛は得心《とくしん》したように苦笑した。

「ああ、それはいいところにいてくれた」

「ええーっ、じゃあ潼雲が話してくれた身の上話も嘘なの⁉　もう、みんなして本当のことを言ってくれないんだから！　これはまたじっくり聞かせてもらわなくちゃ！」

「雪媛様、この娘、左賢王の妻だというのでここまで連れてきたのです。それが……」

困惑《こんわく》した視線をシディヴァに向ける。

「あの方が、シディヴァ様なのですか？　本当に？」

「ああ」

可笑《おか》しそうに雪媛が笑う。

「ナスリーンは自称シディの妻だが、実際は妹分だ。シディも、そのうちちゃんと誰かに嫁《とつ》がせてやる気らしい」

「……そう、なのですか」

心が、すっと軽くなる。

「そう、ですよね。いや、実はずっと怪《あや》しんでいたのです。このように非常識で我儘《わがまま》で聞き分けのない人間が、地位ある者の妻というのは……」

「なにそれ、うそでしょ、私のこと⁉」

聞き捨てならない、というようにナスリーンが潼雲に詰め寄った。

「本当のことだろう」

「はーん、そういうこと言っていいと思ってるの？　ねぇシディ、聞いて！　潼雲ってばね、私の裸を……」

「わぁ――――！」

慌てて手を伸ばし、ナスリーンの口を塞《ふさ》ぐ。

「お前、俺を殺す気か！」

「裸を……なんだって？」

雪媛が面白そうに尋《たず》ねる。

「いえ、違うのです。不可抗力で――見ようとしたわけではなく、偶然目に入っただけで！」

何があったか察したらしい雪媛は、少し考えるように首を捻《ひね》る。

「ふぅん。……そういえば、お前は以前、私が湯浴《ゆあ》みしているところに押し入ってきたことがあったな」

「！　ちょ、な、何を、雪媛様！」

「しかもその後、力尽くで私のことを……」

意味深《いみしん》な言葉を口にする雪媛に、潼雲は狼狽《うろた》えて視線を泳がせる。

「あ、あ、あれは違いますよね⁉　俺は眠っていただけだと、仰《おつしや》ったじゃありませんか！」

「やだ、もしかして前科があったの？」

「ない！　――そもそも雪媛様とお前を一緒にするな。あれは雪媛様と俺との深淵なる策謀の仕掛け合いによるもので、互いの魂が共鳴するかのごとき意義深く濃密な心と心の交流だったのだ！」

　青嘉が困惑気味に「そうだったか？」と呟く。

「だいたい、背中が少し見えただけだろう！　言っておくがあの時、雪媛様は何も身に纏《まと》ってらっしゃらなかったぞ！　だが怒るどころか笑っておられた。それが器《うつわ》の違いというものだ。瑞燕国皇帝の寵姫《ちようき》、神女《しんじよ》と呼ばれたお方との格の違いを知るがいい！」

「言ってることが完全に変態よ！」

　ぎゃあぎゃあと言い争う二人を、雪媛が興味深そうに見つめる。

「随分と仲良くなったらしいな」

「仲良くなどありません！」

「仲良くなんてないわよ！」

　二人の声が揃《そろ》って、互いに目を見合わせる。

「なんだ、この男はお前の連れか」

シディヴァが潼雲を示して雪媛に尋ねた。

「はぐれたところをナスリーンと偶然出会ったらしい」

「それはまた、縁のあることだな。――潼雲、ナスリーンを送り届けてくれたこと、心から感謝する。ほしいものがあればなんでも言え。恩に報《むく》いねばな」

「！　か、かたじけのうございます！　ですが私は、雪媛様のもとに戻れただけで満足でございます故《ゆえ》」

「そうよシディ。こんな失礼なやつに何もあげなくていいわよ」

頬を膨らませてナスリーンが言う。

その横顔をちらりと流し見ながら、なんでも、と言われて、彼女の名を口にしようかなどと心によぎったことは、今後口が裂けても絶対に言うまいと潼雲は思った。


数日後、純霞と永祥《えいしょう》がアルスランへと到着した。

「雪媛！　ナスリーン！　二人とも無事でよかった……！」

二人に抱きついて、純霞はほっと息をつく。永祥も安堵《あんど》したようだった。

「ご無事でなによりです、雪媛様。それにナスリーン、突然いなくなって心配したんだよ」

「ごめんなさい。あーん、愛珍《あいちん》！　ひさしぶりね、会いたかった！」

永祥の背負子《しょいこ》に乗っている赤ん坊に向かって、ナスリーンは相好《そうごう》を崩す。

「ナスリーンが馬で出ていったらしいと聞いて、不安だったのよ。あんなに乗馬が下手《へた》なのに、無事でいられるのかって」

「案《あん》の定《じょう》、馬から振り落とされたらしい」

「やっぱりね」

「そこを運よく潼雲が見つけた。――会ったことのない者もいるな、紹介しておこう。芳《ほう》明《めい》は私の侍女《じじょ》だったから、知っているだろう」

芳明が純霞を見て、口をあんぐりとさせている。

「あ、安皇后《あんこうごう》？」

「言ってなかったな。今はシディの客分としてクルムにいる」

「ひさしぶりね、芳明。――皇后、と呼ぶのはやめてね。ここではただの純霞」

後半は声を潜《ひそ》める。

驚きから立ち直ると、芳明は事情を察して「かしこまりました」と頷《うなず》いた。

「まぁ、お二人のお子様ですか？」

「ええ、愛珍というの」

「可愛らしいこと！　こっちは息子の天祐《てんゆう》です。天祐、ご挨拶《あいさつ》して」

「こんにちは」

「あなた、こんなに大きな子どもがいたの？」

純霞は意外そうに目を丸くする。

天祐は愛珍に駆け寄って、興味津々《しんしん》の体《てい》でその小さな顔を覗き込んだ。

「うわぁ、赤ちゃんだ！　かわいいー」

「ふふふ、そうだろう？」

永祥が自慢げに微笑む。

「抱っこしてもいい？」

「いいよ」

天祐は大層丁寧《ていねい》に愛珍を抱き上げ、楽しそうにあやしてやっている。愛珍も上機嫌で、嬉しげにきゃっきゃと笑い声を上げた。

「いいなぁ、早く妹か弟が生まれないかなぁ」

「そうだな、早《はよ》うほしいな」

卿《ろう》がそう言って、赤ん坊を覗き込む。

「純霞、卿だ。柑柑《かんかん》の面倒をよく見てくれていた。卿、純霞は柑柑のもとの主人だ」

「柑柑を？　ありがとう。あの子気難しいから、苦労したんじゃないかしら」

「いんや、美人で賢うて可愛かったぜよ」

「私は、だいぶ引っかかれましたわ」

芳明が唇を尖らせると、純霞はくすくす笑った。その笑顔に、芳明は驚いたように瞬《しばたた》く。

「……随分とお変わりになられましたね」

「ええ、そうだと思うわ」

「……え？　安皇后……？」

困惑したような声に、純霞は振り返る。

潼雲が、亡霊を見たかのように青ざめた様子で立ち尽くしていた。

「ま、まさか……亡くなられたはずでは……」

「これは潼雲という。馬から落ちて泣いていたナスリーンを、ここまで連れてきてくれた」

「まぁ……潼雲殿、感謝いたします。私が席を外した隙《すき》にナスリーンがいなくなってしまって、とても心配していたんです」

「え……あ、はぁ……」

潼雲は動揺を隠せずに、戸惑《とまど》いながら雪媛に問いただす。

「雪媛様、これは……まさか皇后の死も、すべて雪媛様が仕組んだことだったのですか？

本当はこうして国外へ逃がして？」

「安皇后は死んだ。ここにいるのは純霞だ。二度とその名は口にするなよ」

潼雲はひどく気まずそうな顔をして、目を泳がせている。

そして、「あのぅ……」と雪媛の耳元にそっと小声で囁いた。

「……俺が独芙蓉《どくふよう》に仕えていたこと、純霞様にはどうかご内密にしていただけませんか。その……実は俺、命じられたこととはいえ、いろいろと皇后様への嫌がらせをしでかしておりまして……」

なるほど、と雪媛はこの二人の奇妙な関係性を考えた。もとはといえば、完全に敵陣営にいたのだ。

思わずくすりと笑う。

「わかった」

するとそこへ、どこか思い悩むような表情で飛蓮《ひれん》がやってきた。今朝から姿が見えなかったので、雪媛は「飛蓮」と声をかける。

「雪媛様」

「探していたんだぞ。どこへ行っていた」

「それが……仮説を証明しようと思いまして」

「仮説？」

妙に真剣な面持《おもも》ちで、飛蓮は頷いた。

「ええ。クルムへ来て以来、どうもおかしいと思っていたのです。……どの女も、俺を見てもまったく騒ぎ立てない！　朝から城の中にいる女たち、それに外の女たちを観察して確信を得ました。ここでは、俺のような見た目は好まれないのだと！」

ぱあっと嬉しそうに眼を輝かせている。

「これほどまでに空気のごとく存在できるのは初めてです！　なんという居心地のよさ！　ここここそ、俺の居場所なのかもしれない……」

「何言ってるの、この人？」

ナスリーンが首を傾げる。芳明が笑って説明した。

「彼はね、瑞燕国では国中の女を虜《とりこ》にしそうな勢いの色男だったのよ」

「へぇ、そうなの？　瑞燕国ではああいう男性が好まれるの？」

「クルムでは違うの？」

「そうねぇ、私が見た限り、身体ががっしりして強そうな人がモテてるわね」

「ああ、心が安らぐ……ここは極楽か？　かつてない解放感だ……潼雲たちはいつもこんなふうなのか、羨《うらや》ましい」

「飛蓮殿！　俺だってたまには女子《おなご》に騒がれますから！　……たまには！」

　潼雲が心外そうに飛蓮に突っかかる。

　雪媛はけらけら笑いながら、飛蓮を紹介する。

「純霞、司《し》飛蓮だ。司家は知っているだろう。随分前に一度途絶えたが、先だって彼が再興した」

「初めまして。司飛蓮です」

　ぱっと余所《よそ》行きの笑顔に切り替えて挨拶した飛蓮に、永祥が若干《じゃっかん》警戒心をもって純霞の前に出た。クルムでは受けが悪いにしても、こんな美男子を妻に近づけるのは不安らしい。

「どうも、葉《よう》永祥です。妻の純霞です」

　すると純霞は永祥の肩越しにひょいと顔を出し、少し考えるようにして飛蓮を眺めた。

「……飛蓮殿？　司家の？　……あの、双子の？」

「え？」

　思い出した、というように純霞は目を輝かせた。

「私です！　安《あん》家の次女の純霞です。幼い頃、何度かお会いしたことが……とても美しい双子の兄弟でしたので、よく覚えています。確か、お手製の人形劇を見せていただきましたわ」

すると飛蓮も、驚いて目を丸くする。

「安家の？　――ええ、覚えています！　お姉様と一緒に我が家に遊びに来られてましたよね？」

「ええ、そうです。まぁ、懐《なつ》かしい！　……ああ、そうでしたか、お家を再興されたのですね。よかった！」

「すべて雪媛様のお力添えのお蔭《かげ》です。……あれ？　でも純霞様は確か、皇后になられたと……」

「先ほどから同じくだりが続くな」

雪媛は経緯《いきさつ》を簡単に説明してやる。

「なるほど、そういうことでしたか……さすが雪媛様。いや、お懐かしい。このような場所で再会できるとは、非常に嬉しいです」

「私もです。飛龍《ひりゅう》殿はお元気ですか？」

「……飛龍は、亡くなりました」

「まぁ……」

言葉を失ったように、純霞は飛蓮の手を取る。

「心よりお悔やみを。お辛《つら》かったでしょう」

「ありがとうございます。弟のことを覚えていてくださる方がいることに救われます。忘れられることが、一番悲しい」

「そうですね……」

「梅儀《ばいぎ》様のこと、私も話は聞いております。私にも飛龍にも、とてもお優しい方でした。残念です」

「お宅へ伺《うかが》った日の夜、姉はいつもお二人の話ばかりしていたんですよ。なんて素敵なお兄様たちかしらって。思えば姉にとっては、初恋であったかもしれません」

思い出話に花を咲かせる二人を興味深く眺めていると、いつの間にか青嘉がすぐ傍に立っていた。

「不思議な気分だ」

雪媛は呟《つぶや》いた。

「ここにいる誰もが、何がしかの縁《えにし》で繋がっている。瑞燕国からこれほど離れた場所で。本当なら、その人生が再び交わるはずもなかったのに」

「雪媛様が結んだ縁です。ここに雪媛様がいるからこうして巡り会える」

「……無理やり、引きずり込んだようなものだがな」

表情を翳《かげ》らせる雪媛に、青嘉が言った。

「俺は、雪媛様がいる場所が、自分のいる場所だと思っています。皆にとっても、きっとそうです。意図せずとも引き寄せられる。あなたはそういう存在なのだと思います」

「——ここにいたのか、雪媛、青嘉」

ユスフがふらりと現れて、ひらひらと手を振った。

「ちょっといい？」

「ああ、何だ？」

「それがね、数日前に来ていた報告を見落としてたんだけど、奇妙な南人を捕らえたという申し伝えがあったんだ」

「奇妙な南人？」

「そう。もしかしたら知り合いかと思って」

雪媛と青嘉は顔を見合わせた。

「その南人はどこにいる？」

「牢に入れてあるよ。見に行く？」

二人はユスフの案内で、ひどく冷える薄暗い地下へと、陰鬱《いんうつ》な細い階段を降りていった。

重苦しい鉄の扉が開かれると、左右に狭い牢がずらりと並んでいる。その一番奥の房で身体を丸めて蹲《うずく》っていた男は、来訪者に気づいてのそりと面《おもて》を上げた。

手燭《てしょく》の炎にぼんやりと照らし出されたのは、疲れた様子の燗流の顔だった。

彼は雪媛を見上げると、

「助かった……」

と呟き、安堵したように壁に背を預けた。

雪媛は苦笑しながら、「出してやってくれ」とユスフに頼む。

「燗流、心配したんだぞ。あれから、どこでどうしていたんだ」

「はぁ、それが、崖から落ちて気を失っている間に、馬が俺を乗せて勝手に遥《はる》か彼方まで運んでいったようで……どこにいるやら皆目見当もつかずに彷徨《さまよ》っていたら、いきなり捕まりました」

青嘉が納得したように頷いた。

「やはり、引き寄せるんですよ」


シディヴァのカガン即位は、臨時招集された大会議の場で満場一致で可決された。

父を殺し、自身がその座に就《つ》くことを問題視する者は、誰もいない。議場の隅でその様子を見守っていた雪媛は、そこが大層クルムらしいとつくづく思った。

もちろん、第二の実力者であるタルカンが彼女を支持したこと、そしてなによりシディヴァが自《みずか》ら戦で勝利したことが、この結果に大きな影響を与えていることは間違いない。

（もしも瑞燕国ならば、必ず正当性を疑問視する者たちが出てくるだろう）

皇族ですらない雪媛が玉座《ぎょくざ》を奪えば、反発は必ずある。以前からこの問題に、どう対処するか頭を悩ませていた。

そんなことを思い出した雪媛は、妙な気分を味わっていた。

クルムの歴史は明らかに変わった。

死ぬはずだったシディヴァが、こうして生き残った。それだけではなく、カガンの地位に就いた。

女である彼女が。

今、族長たちが集まっているのは城の中ではなく、開けた草原の一角である。シディヴァが屋内を嫌い、古来のやり方に則《のっと》って大地に敷物を広げ、一同は車座になっていた。

ある族長が声を上げた。

「左賢王の座が空白となりましょう。これもまた話し合われるべきです」

そうだ、という同意の声があちこちから上がる。

「それは、いずれカガンに御子《おこ》ができた時に議論されるべきではないのか」

「空位とすべきではない。クルムの未来を論じているのだ。カガンの跡を継ぐ者が定まってこそ草原の土台が固まる」

ざわざわと議論し始めた彼らを、シディヴァは口を挟まず見守っている。

「では誰が適任だと言うのか」

「タルカン殿であろう。此度《こたび》の戦、勝敗の決め手となったのはタルカン殿だ」

賛同する声が上がる。

「待て。ならばアルトゥ様がいる」

「そうだ、カガンの弟君だぞ」

こちらにも賛同の声がいくつも上がったが、同じだけ否定的な意見も多かった。

「夜中にこそこそと逃げ出した者など、草原の男とは呼べぬわ」

「そもそも生かしておくべきではありません。必ずやカガンの障害となりましょうぞ」

アルトゥとその母ツェツェグは、見張りをつけ自室に軟禁されている。その処遇はまだ決定されていなかった。

シディヴァが、静かに、というようにすっと右手を上げた。その合図に、場が一斉に静まり返る。

「今日は、皆に諮《はか》りたい議がある。——連れてこい」

何事か、と族長たちは彼女の視線を辿《たど》った。

兵士に挟まれるようにして連れてこられたのは、先ほどから話題に上っているアルトゥである。

表情は暗い。ひどく不安そうでもあり、また、悔しそうでもある。

彼は族長たちの囲む円の中央、シディヴァの前まで引っ立てられた。

同様に引っ立てられてきたツェツェグは、後方で息子の様子をはらはらと見守っている。

「アルトゥは先代が残した唯一の息子であり、そして私の弟だ。先代のカガンは、左賢王であった私が謀反を起こしたと思い込み討伐を命じた。一方で息子のアルトゥを連れ、アルスランから逃げ出そうとした。彼が誰を後継ぎとして考えていたかは、明白である」

アルトゥを左賢王《さけんおう》に、と声を上げていた者たちは我が意を得たり、といった風情《ふぜい》で頷いた。

「そこで、私は考えた。――そもそもカガンの座を、私が継いでよいものか」

どよめきが起きた。

「何を仰《おっしゃ》いますか！　勝利したのはシディヴァ様です！　他に誰がカガンの地位を継ぐことがありましょうか！」

「そうだ！　我らはあなたについてきたのだ。あなたがカガンになるならば従う。しかしこの何も成していない子どもに従うつもりなどない！」

わあわあと騒ぎだす者たちに、再びシディヴァは手を上げ黙らせる。

「アルトゥ。お前はかねてから、自らがカガンの座に就くと周囲に語っていたそうだな？」

アルトゥは顔を引きつらせた。

「……そ、それは……戯《たわむ》れに申しただけのことでございます」

「女のカガンなどありえない、嫡子《ちゃくし》の自分が正統な後継者だ、と度々《たびたび》口にしていたとか」

「……っ」

「アルトゥ」

静かに自分の名を口にする姉に、少年は青ざめた。

「女とか、嫡子とか、そんなことは関係ないんだよ」

シディヴァは脇にあった剣を手に取ると、無造作に放り投げた。それは音を立ててアルトゥの目の前に落下する。

「草原では、強い者が生き残る」

シディヴァは自らも剣を手にして、立ち上がった。

「強いほうが勝者だ。俺に勝てば、お前がカガン。単純だろう？」

驚愕《きょうがく》するアルトゥの視線は、足下の剣と目の前の姉の間を行ったり来たりした。

シディヴァは構わず、鞘《さや》から刀身を引き抜く。白刃《はくじん》が日の光に煌《きら》めいた。

「機会をやる。剣を取れ」

「……わ、私は、姉上に歯向かう気は……」

「俺に勝てばお前がカガン。俺が勝てば、お前は死ぬ。単純だな」

「…………！」

空になった鞘を放り投げて、シディヴァは弟を見据えた。

「どうした、丸腰で死ぬか？」

「アルトゥ！　戦うのよ、早く！」

ツェツェグが叫んだ。

「母上……！」

「剣を取りなさい！　お前こそ真のカガンなのよ！　父上の無念を晴らすのです！　その女を倒して！」

アルトゥは、恐る恐る剣を取り上げる。

そして大きく息を吸い込むと、意を決したように、その切っ先を目の前に立ちはだかる姉に向けた。

十三歳の少年は、小柄なシディヴァと背丈はほとんど変わらなかった。百戦錬磨とはいえ、シディヴァは女だ。身体的には彼に不利な状況ではない。一対一でならば勝てるかもしれない、という欲気がアルトゥの目には滲《にじ》んでいた。

「はあっ！」

アルトゥが声を上げながら切り込んだ。

渾身《こんしん》の力で剣が振り下ろされるが、シディヴァはそれをあっさりと弾《はじ》き飛ばした。後退《あとずさ》ったアルトゥは、再び挑んでいく。

幾度も幾度も、彼の剣は姉に向かって縦横無尽《じゅうおうむじん》に降り注いだ。その度、シディヴァは軽々と躱《かわ》し、防ぎ、片手に握った剣で跳ね返した。

完全に、アルトゥが遊ばれている。

「お前、人を殺したことがないな」

何度目かの攻撃を防ぎ、アルトゥに膝をつかせたところでシディヴァが言った。息が上がり肩を上下させるアルトゥとは対照的に、彼女は息ひとつ乱れていない。

「お前の手にしたそれは、権威のために飾り立てたり、人を軽々しく傷つけるためのものじゃない。——己《おのれ》と相手の命をやりとりする道具だぞ」

「うう……」

「本気で俺を殺しにこい。そうでなければ、死ぬぞ」

アルトゥは息を呑んで姉を振り仰いだ。それまでは侮《あなど》っている様子だったのが、今ではすっかり畏怖《いふ》と恐怖の色をたたえている。

「こんな……こんなのはアルトゥに分《ぶ》が悪いわ！　この子はまだ一度も戦に出たこともないのよ！　シディヴァ！　お前、幼い弟になんてこと！」

喚《わめ》くツェツェグに、シディヴァはぎろりと冷たい目を向けた。

「俺がその歳の頃には、ダラ族をこの手で滅ぼしていた」

「それはユスフの手助けがあったからでしょう！　幼いお前一人で何ができたというの！　アルトゥにも助けがあるべきだわ！　代理人を立てるのよ！　腕の立つ者をアルトゥの代わりに――」

「黙られよ」

最も年長の、白髪の族長が冷ややかに言った。

「代理人だと？　そんなものが必要な者に、我々が従うことはない」

言葉を詰まらせ、ツェツェグは青ざめた。

立ち上がったアルトゥは、両手でしっかりと剣を握りしめる。

「うわあああああ！」

叫びながら、シディヴァに向かっていく。

シディヴァの動きは、不思議なほど静かだった。

すうと身を低くすると、空気を切り裂くように一閃《いっせん》を放った。

それで、勝負は決まった。

次の瞬間、アルトゥは大地に倒れていた。血だまりに伏した彼の身体は、もう二度と動くことはなかった。

苦しむ間もなかっただろう。それがシディヴァの慈悲であると、雪媛にはわかった。

絹を裂くような悲鳴が響き渡った。ツェツェグだ。

事切れた息子に駆け寄ろうとするが、兵士たちがそれを阻《はば》み、もがきながら狂ったように叫んでいる。

「アルトゥ！　アルトゥ……！」

血のついた剣を手にしたままシディヴァは、族長たちの顔を見回した。彼女の頬には、弟の血が跳ねている。

「アルトゥは逃げることなく全力で戦った。我が弟を誇りに思う。草原の戦士として、丁重に葬ろうではないか」

おお、と同調する声が一斉に上がる。アルトゥを左賢王に、と意見していた者たちは身を小さくしていた。自分もアルトゥのように殺されるのではと恐れているのだ。

「カガン！」

「新たなカガンに栄光を！」

「万歳！　クルム万歳！」

一同は口々にシディヴァを讃《たた》える。

「お前は必ず無惨に死ぬだろう、シディヴァ！」

涙を流しながら目を血走らせ、ツェツェグが叫んでいる。

「この国に栄光など訪れるものか！　正しい指導者を失い、残忍で人の心も持たぬ獣を戴《いただ》く国などすぐに滅びようぞ！　後悔するがいい！」

「ああ、忘れていた」

シディヴァはつまらなそうにツェツェグに目を向ける。

「罪人を処罰せねば」

連れてこい、と命じ、ツェツェグを目の前に跪《ひざまず》かせる。

「罪人はお前よ！　実の父と弟を惨《むご》たらしく殺した簒奪者《さんだつしゃ》！」

「お前の罪は数えきれないが、立証できるものは少ない。俺は裁きに関しては公平なつもりだ。だから、明らかな罪だけ問おう。――タンギラ王女ナスリーンの件だ」

ユスフが一人の男を連れてくる。

ナスリーンの父、イマンガリである。見る影もなく痩《や》せ細り、シディヴァに殴られた顔はひしゃげ、以前の彼とはすっかり人相が変わっている。

「イマンガリ。お前が娘に薬を盛った理由は？」

「あ、あれはただの眠り薬だと言われてっ。命じられれば従うしかなかったのです！　まさか娘に毒を飲ませるなんて、あんな惨いことをさせられるとは……！」

「お前にそう命じたのは、誰だ？」

イマンガリは、震える手で指さした。

「ツェツェグ様です！」

ツェツェグは、目を合わそうともしない。

「――だそうだ。罪を認めるか？」

「罪人に罪人呼ばわりされる筋合いはない！　誰か、誰かこの女を殺しなさい！　お前たちの主《あるじ》を殺したのよ！　何故黙っているの！　仇《かたき》を討つのよ！」

周囲の族長たちに向かって叫ぶが、応《こた》える者は誰もいない。冷ややかな視線だけが、彼女に向けられた。

「俺の家族を傷つける者を、俺は決して許さない」

シディヴァはそう言って、手にした剣を振り上げた。

ひっ、と悲鳴を上げて身を縮めるツェツェグの目の前に、剣をどんと突き立ててやる。

「斬るのは簡単だが、俺はお前のようなつまらない者を斬りたくない。だから、一度だけ機会をやろう」

「……機会ですって？」

「狼を捕らえてある。ちょうど十頭だ」

「……？」

「この先にある大穴に放り込んである。そろそろ腹が空《す》いている頃合いだろう」

ツェツェグの顔色が、じわじわと変わっていく。

「お前がその穴から生きて帰ってこれたら、お前の罪を免じよう」

「そ、そんなの……無理に、決まって……」

「ユスフ、連れていけ」

「はーい」

「いやっ！　放して！　嘘でしょう、死んでしまう！」

青くなって暴れるツェツェグに、シディヴァは冷笑を浮かべた。

「そう悲観するな。十歳の娘が、同じ状況で生き残ったんだ。お前にできないと、誰が言える？」

「…………！」

ツェツェグは言葉にならない喘《あえ》ぎ声を漏《も》らした。彼女を引っ立てながら、ユスフが愉快そうに口を開いた。

「そもそもあんたが考えたやり方だろう？　幼い継子《ままこ》を殺すために。自分好みの罠に嵌《は》まれるんだ、本望だな。趣味はくっそ悪いと思うけどね」

「いやよ！　やめて、やめてー！　誰か助けて！　助けて……！」

悲鳴を上げながら引きずられていく彼女を、憐《あわ》れむ者はいなかった。その場は散会となり、使用人たちがせわしなく動き回って宴《うたげ》の準備が粛々《しゆくしゆく》と進められた。

そんな中、アルトゥの遺体が静かに運ばれていく。

雪媛は、一人じっとその様子を見守るシディヴァに声をかけた。

「……アルトゥが、カガンの座を本気で狙っていたとは思えない」

「そうだろうな。不満はあれど、少なくとも当面は俺に従うつもりだったはずだ」

そう語る声音は、いたって冷静だ。

「だが、いずれ必ずあいつを担《かつ》ぐ者が現れる。すでに左賢王に推《お》す声があったくらいだ。そしてあの母親が唆《そそのか》せば、やがては立派な謀反人になった……」

恐らくシディヴァの言う通りだろう、と思う。

禍《わざわい》の芽を早めに摘《つ》むのは必要なことだ。しかし片親とはいえ血のつながった幼い弟を一刀のもとに斬り捨てたシディヴァの決断に、雪媛は同じことを語った男を思い出していた。

あの時、オチルも言っていたのだ。

シディヴァに謀反の意志などない、そんなことはわかっている――と。

「死に際《ぎわ》、父が言った。王者は自分を脅《おびや》かす者を恐れ続ける。お前も必ずそうなる……と」

シディヴァは自嘲するような笑みを浮かべた。

――これはな――病《やまい》だ。

――為政者がかかる病だ。薬はない。

運ばれていくアルトゥの腕が、だらりと垂れ下がっている。

それをじっと見つめながら、二人はそれ以上何も言わなかった。

六章

クルムは新たな道を進み始めていた。

国の内外に新たなカガン即位を知らしめるための式典を行うことが決まり、城は慌《あわ》ただしく喧騒に満ちている。その中心で動き回っているのはユスフとタルカンで、当のシディヴァは外にユルタを組み立てて居住し、城の中へは滅多《めった》に足を踏み入れない。

雪媛《せつえん》たちはそれぞれ、城内に部屋を与えられた。雪媛と青嘉《せいか》にあてがわれたのは、アルスランの街を一望できる大きな露台があり、遠くに霞《かす》む山々まで広く見渡せる景色のよい角部屋だ。

当然のように二人一緒の部屋が用意されたことに対して、後からやってきた潼雲《どううん》は困惑《こんわく》気味に「警護のためか?」と首を傾《かし》げていた。

「何言ってるの。二人は夫婦なんだから、当たり前でしょ」

「夫婦⁉」

ナスリーンの発言に、潼雲は驚いて叫んだ。

「婚礼はまだだけど、ほぼ夫婦みたいなものよね？　そうだわ、婚礼！　なんだかいろいろあって話が立ち消えになってしまったけれど、やるでしょ？　ねっ？」

「おい青嘉、どういうことだ」

「……長い話に、なる」

躊躇《ためら》いがちながら否定しない青嘉に、どうやら本当のことだと悟ったらしい潼雲は摑みかかった。

「お前、お前なぁ！　国を出てから一人で雪媛様をお守りするのはさぞ困難も多かっただろうと、苦労もあったことだろうと、しかしそれでも雪媛様に付き従ってクルムにまで辿《たど》り着いたお前に、ちょっとは敬意を表したい気分だったんだぞ、俺は！　それがなんだ？　え？　お、お前、二人きりなのをいいことに、せ、雪媛様と――そういうことなのか？」

「……潼雲」

客観的に見れば、一国の皇帝の女をその臣下が奪って逃げた、という構図であることは真実だ。それが人倫にもとる行為であると青嘉もわかっている。

だがそれでも、雪媛を諦《あきら》めるつもりはなかった。

「お前が俺を軽蔑するのも当然だ。だが俺は……」

「なんだその羨《うらや》ましい展開はっ！」

「────は？」

撞雲は青嘉の胸倉を摑んだまま、ぐわんぐわんと激しく前後に揺さぶる。

「国を出て雪媛様と情を交わし、しかもクルムでは好待遇で取り立てられているだと⁉　あーっ、だから嫌だよお前は！　結局なんでもかんでも俺にはできないことやりやがって！　そもそもいつからそういうことになったんだ⁉　詳しく聞かせろこの野郎！」

「撞雲、落ち着け、一旦落ち着け」

「雪媛様、何故《なぜ》こいつなんですか！　二人で逃げるうちに、つい気が迷っただけでは⁉」

雪媛は可笑《おか》しそうに笑みを浮かべる。

「そうかもな。お前と一緒に逃げていたらお前と夫婦だったかもしれないぞ、撞雲」

「！　まことですか⁉」

喜色を浮かべる撞雲に、青嘉は「えっ」というように表情を強張《こわば》らせた。

雪媛はけらけらと笑っていた。

芳明《ほうめい》などは大層嬉しそうにしていて、

「お二人のお部屋には、できるだけ近づかないようにいたしますから。何かあれば呼んでくださいね」

と含みのある表情を浮かべていた。

一方で、飛蓮《ひれん》はいくらか非難の色を滲《にじ》ませた視線を青嘉に向けることがあった。それも仕方がない、と思う。瑞燕国《ずいえんこく》内であれば、青嘉の行いは決して許されることではないのだ。ただ少し気になるのは、時折飛蓮が雪媛に向ける、熱の籠《こ》もった眼差《まなざ》しだった。彼女に心《しん》酔《すい》する者の様子としては珍しくなかったが、それはどこか、雪媛とともにいる時の尚宇《しょうう》を想起させるものだった。

そんなことを思いながら、青嘉は櫛《くし》を手にした。

大きな窓からは朝の光が白々《しらじら》と降り注ぎ、部屋中を照らし出していた。雪媛は窓辺《まどべ》の椅子にゆったりと腰かけている。

椅子を移動させて彼女の背後に置くと腰を下ろし、その流れ落ちる黒髪を手に取った。ユルタで暮らした頃のように、ここでは二人だけの静かな時間が流れている。後宮《こうきゅう》のように着飾る必要はないので、芳明の手を借りることもなく一人で身支度を済ませる雪媛だったが、髪を梳《と》かす時は青嘉に任せた。

櫛が、艶《つや》やかな黒髪を滑っていく。

その大きな手を、青嘉は壊れ物を扱うように繊細に動かした。

「明日の即位式、俺の傍《そば》を絶対に離れないでください。柳《りゅう》雪媛の名が広がり、よからぬことを企む者がいないとも限りません」

「わかってる」

「そんなことを言って、またいきなり舞を披露《ひろう》したりしないでしょうね」

「シディはそんなことを求めないさ。まぁ、もしも余興が必要となれば、芳明と飛蓮に頼もう。瑞燕国が誇る一流の芸人たちだ、十分満足してもらえるだろう」

「…………」

「なんだ？」

「あの、先日の話は冗談ですよね」

「何が？」

「潼雲と逃げていれば、潼雲と夫婦になったと……」

雪媛は目を瞠《みは》り、そして意地の悪い顔で笑い始めた。

「うふふ」

青嘉は追求を諦《あきら》めて、櫛を置いた。自分の上着を取ろうと立ち上がる。

「なんだ、拗《す》ねているのか？」

「……いいえ」

ぽん、と足下に長靴《ちょうか》が転がってきた。

椅子の上で、雪媛が子どものように足をぶらぶらとさせている。挑発するように妖艶な笑みを浮かべてこちらを窺《うかが》っていた。

履《は》かせろ、ということらしい。

長靴を拾い上げると、彼女の前に跪《ひざまず》くように片膝《ひざ》をついた。襪《くつした》を履いた足を恭《うやうや》しく持ち上げると、丁寧《ていねい》に靴の中へと収めてやる。

「これでご満足ですか？」

やれやれ、と立ち上がろうとする。

突然、雪媛の顔が間近に迫って、唇を塞《ふさ》がれた。

先ほど梳《す》いた美しい黒髪が、紗《しゃ》の帳《とばり》のようにさらさらと重なり合う二人を囲う。

やがて柔らかな感触が、ゆっくりと離れていった。

「冗談以外に何があるのだ、馬鹿者」

蠱惑《こわく》的な笑みを浮かべながら、雪媛は「行くぞ」と立ち上がった。

「シディに呼ばれてるんだ。相変わらず外のユルタにいて、城に寄りつかないからな。馬で行こう」

「なんのお話でしょう」

「さぁ」

恐らく今後のことだろう、と青嘉は思った。雪媛がここに留《とど》まるならば、なんらかの役職を与えると以前話していた。青嘉にも、カガン麾下《きか》の将軍として正式にクルムの軍を率いてはみないかとユスフから話があったところだ。

(もしクルムでこのまま暮らしていくなら、こんな毎日が続くのだろうか)

雪媛とともに寝起きし、誰憚《はばか》ることもなく、ともに日々を過ごしていく。

想像すると、それはとても甘美なようでいながら、両の指の隙間《すきま》から砂がさらさらと落ちていくように、何かを取りこぼしてしまいそうな奇妙な空虚感を伴っていた。

雪媛が引こうとした扉を背後から手を伸ばし、押しとどめる。

「?　なんだ?」

怪訝《けげん》そうにする雪媛を引き寄せ、包み込むように抱きしめた。

「青嘉?」

「……もう少し、こうしていてよいでしょうか」

「……まだ不安か?」

雪媛と再会して以来、青嘉は以前にもまして雪媛の傍から離れなくなった。ふと目を離した隙に、またいなくなってしまうかもしれない。

彼女が息を引き取る瞬間を、もう見たくはないのだ。

それに、潼雲の言ったことはある意味で的《まと》を射ていると思った。こうして雪媛とともにあることは、自分には過分なことに思えるのだ。

それでも、決して手放したくはなかった。

彼女を抱く腕に力を籠《こ》める。雪媛は何も言わず、受け入れるようにされるがままになっていた。

ようやく部屋を出て階段を降りていくと、せわしなく指示を出しながら歩いているユスフに出くわした。

「忙しそうだな、ユスフ」

「ああ、明日の即位式を大過なく催《もよお》して、早く落ち着きたいからな」

「あまり無理するなよ」

「無理するさ！　俺はシディと約束してるんだ、落ち着いたら夜は俺のところに来るって！」

「……うん？」

「思った以上に早くカガンになったから予定は変わったけど、あの約束を忘れられては困る！　なんとしてでもシディとの時間をつくらなくてはならないんだ。そのためなら多少の無理は買ってでもする！　――じゃあな！」

つかつかと急《せ》くように去っていく。

彼を見送りながら、雪媛は呟《つぶや》いた。

「新たな左賢王《さけんおう》が生まれるのは、そう遠くなさそうだな」

青嘉も頷《うなず》く。

「そうなれば、めでたいことです。あの二人の子なら、さぞや逞《たくま》しいことでしょう」


青嘉と雪媛を迎え入れたシディヴァは、カガンになったといっても特に変わったところはなかった。以前と同じユルタ、以前と同じ絨毯《じゅうたん》、以前と同じ恰好《かっこう》。気負わない様子で、虎の毛皮の上に片膝を立てて座っている。

「明日の準備で忙しいのでは？」

「ユスフとタルカンに任せているから、俺がやることはない」

「ユスフは随分《ずいぶん》と張り切っていましたよ。なんでも、シディヴァ様と約束があるとか」

シディヴァはなんのことかわかったらしく、「ああ」と相槌《あいづち》を打つ。

「俺にも後継ぎが必要だからな。明日は俺の即位だけでなく、ユスフが俺の夫であるということも明確にさせるつもりだ。妃《きさき》とは異なるが、伴侶としての地位を用意する」

「では、ほぼ婚礼のようなものですね」

「お前たちの婚礼の件も、忘れたわけではないぞ。いつでも盛大に催してやる」

「今日のお話はその件ですか？」

「それもある。が、その前に、伝えたほうがいいかと思ってな」

傍《かたわ》らに置かれていた小さな筒を手に取る。蓋《ふた》を開くと、中から丸められた紙を引っ張り出した。

「瑞燕国にいる間諜《かんちょう》からの報告だ」

青嘉も雪媛も、わずかに息を詰めた。

「二人の皇帝が互いに自らの正統性を謳《うた》い争っているのは知っているな？　一時は燦《さん》国の援軍を得たお前たちの元主《あるじ》が優勢となったが、現在はその勢いも衰《おとろ》え、局面は膠着《こうちゃく》していた。――そこへ、第三の勢力が現れた」

「第三の勢力？」

「朔辰《さくしん》国が、瑞燕国北部へと攻め込んだらしい」

雪媛の顔色が変わった。

「瑞燕国内が内紛《ないふん》で混乱しているのに乗じたのだろうな。瑞燕国側は国境軍を撃破され、北部の城はひたすら籠城《ろうじょう》。何しろ国が二つに割れている。互いに睨《にら》み合っている中、国境付近まで兵を出すことはできないのだろう」

「馬鹿な！　隣国から戦《いくさ》を仕掛けられているというのに、兵を出さないと⁉」

青嘉は思わず声を荒らげた。

「ついこの間、お前たちも同じように内乱に乗じ、高葉《こうよう》を落としたのではなかったか？」

皮肉っぽく、シディヴァは口の端を引き上げる。

考え込んでいた様子の雪媛が口を開いた。

「瑞燕国は燦国公主を皇后《こうごう》として迎え入れ、同盟を結んでいる。朔辰国の隣に位置する燦国側から、圧力をかけることは可能なはず。それに援軍もいる」

「その援軍が、どうやら撤退するらしい」

「撤退？」

「戦が長引いて、士気が相当に落ちているようだ。しかも、元高葉領で反乱の機運が高まっている。他人の戦のために、故郷に戻る道まで危うくなってきたわけだ」

（それでは今の瑞燕国はあまりに無防備すぎる。簡単に食い尽くされてしまうぞ）

朔辰国と瑞燕国の国境付近の戦は、小競《こぜ》り合い程度であれば数年置きに発生していた。前《さき》の皇帝も、幾度か遠征を計画していた相手である。

本来の歴史では、碧成《へきせい》が父の悲願を果たそうと大軍を整えさせ、瑞燕国側から攻め入ることになるはずだった。だが容易には攻略できず、その後幾度《いくど》も進攻と撤退を繰り返し、休戦を挟みながらも十年の歳月をかけてようやく勝利した、手ごわい相手である。青嘉も当時、自《みずか》ら兵を指揮して陣頭に立っていたので過酷だったその戦をよく覚えている。

思わず、頰の傷に手を添えた。

本来の歴史でこの傷をつけた相手こそ、朔辰国の将軍だった。

しかし、この世界には今、雪媛がいる。この傷をつけたのは、誰あろう雪媛だ。世界は大きく改変されている。

現状の脆弱《ぜいじゃく》な体制の瑞燕国が攻め込まれれば、かつてない被害を被《こうむ》る可能性が高い。あるいは、瑞燕国という国は、消え去ってしまうかもしれなかった。

当の雪媛は、じっと思案しているようだった。同じことに思いを巡らせているのかもしれない。

「何故、それを私たちに？」

「俺は、お前たちが欲しい。ともに新たなクルムを創れば、必ずおもしろい世界になる」

にやっとシディヴァは笑う。

「だがこの国よりほかに大事なものがある者は、俺の傍にはいらぬな」

「…………」

「いずれにせよ、選ぶ者にはすべての情報が与えられるべきだ」

彼女の黒い瞳が、探るように二人を見据えた。

「時はやろう。考えておけ」


碧成は、無言のまま仮の玉座《ぎょくざ》に収まっている。

国境に現れた敵軍の情報は、浙鎮《せっちん》に置かれた仮の朝廷にも伝わっていた。しかし朔辰国と国境を接する蓬州《ほうしゅう》は遠く、危機感を覚えている者は少なかった。駐留している国境軍、それに蓬州軍が対応すべきことだ。

しかしこの日、北部の城が次々陥落しているとの報告が入った。

蘇高易《そこうえき》が進み出て、声を上げる。

「陛下、国境軍は壊滅状態。援軍の要請が来ております。すぐに北部へ軍を出すべきです。これ以上の侵攻を許すわけにはまいりません」

「馬鹿な。では、環王《かんおう》軍との戦いを放棄しろと?」

独護堅《どくごけん》が声を荒らげた。

「そんなことをすれば一気に環王が攻め込んでくるぞ。ただでさえ燦国軍が離脱し始めているのだ、これ以上別のところへ割く余裕などない」

「浙鎮に残してある兵を向かわせるのです」

「それでは浙鎮の守りはどうなるのだ！」

「仙騎軍《せんきぐん》を中心に最低限の数だけ残します」

「そなた、陛下の御身《おんみ》が危うくなってもよいと申すのか！」

護堅に同調する声が多く上がった。高易は「陛下」とあくまで碧成に向かって語りかける。

「ここで兵を出さねば、民《たみ》の心は陛下から離れるでしょう。そして万が一その間に環王が派兵し朔辰軍を打ち破れば、誰もが環王を真の皇帝と口にするに違いありません。上に立つ者がすべき第一のこと、それは民の安全を守ることでございます。このような状況だからこそ、陛下は軍を出すことをご決断すべきです」

「蘇大人《たいじん》、そなたまさか、環王と通じているのではあるまいな？」

護堅の言葉に、周囲がざわめく。

「そのような虚言を弄《ろう》して浙鎮から軍を遠ざけ、その隙を狙おうと示し合わせているのではないか」

「口を慎《つつし》まれよ、独大人」

「陛下、むしろこれは好機ではございませんか。環王が北部へ軍を出すようであれば、その隙に都を奪還する機会が生まれます。環王軍が朔辰軍に負ければそれもよし、勝てば外敵を除くことができ、これも得」

「陛下が外敵を打ち払えば、民心は陛下のものとなります。誰が真の皇帝であるのかを示すべきです」

相反する意見を口にする二人を、碧成は暗い表情で見つめている。隣に控えていた雨菲《うひ》が、「おやめください」と口を挟んだ。

「陛下がお困りではないですか。陛下を悩ませるとは何事です。陛下、お顔の色が悪いですわ。もうお部屋にお戻りになられたほうが……」

「──軍は、動かさぬ」

碧成ははっきりとした口調で言い渡した。

「かしこまりました、陛下。御意《ぎょい》のままに」

勝ち誇ったように護堅《こうべ》が頭を垂れる。

「もうすぐ雪媛が戻ってくるのだ。クルムの援軍も得られる。そうなれば、外敵などすぐに追い払えよう」

ひくり、と護堅の表情が揺れた。雪媛が戻って再びその力を振るうようなことになれば、自分の立場が揺らぐことを恐れているのだ。

その時、侍従《じじゅう》が碧成に近づき耳打ちをした。

「なに、唐智鴻《とうちこう》が戻った？」

重臣たちは互いに視線を交わし合った。

「すぐに通せ！」

碧成の命《めい》で現れた智鴻は、神妙な顔をしながら部屋へ足を踏み入れると、突然がばりと平伏した。

「陛下、どうぞこの私を罰してください！」

驚いた碧成は、困惑《こんわく》したように立ち上がる。

「智鴻、雪媛は？　連れてきたのであろう、どこにいる？」

「雪媛様は……雪媛様は……」

床に額を擦《す》りつけ、智鴻は言い淀《よど》む。

「……いらっしゃいませんでした」

「なんだと？」

「我らは謀《たばか》られたのです、陛下！　ティルダードにクルム側の使節はとうとう現れませんでした。雪媛様がクルムにいらっしゃるという話自体、もはや怪《あや》しいかと……！」

智鴻の報告に、碧成は瞠目《どうもく》して立ち尽くす。

「馬鹿な……」

ぱっと上体を起こした智鴻は、畳みかけるように並べ立てた。

「もしやこれは、環王側の策略であったのではありますまいか。陛下のご信任厚く忠実なる僕《しもべ》の私を陛下から引き離し、内部から我らを切り崩そうとする――」

「雪媛……」

力が抜けたように崩れ落ちる碧成を、雨菲が慌てて支える。

「陛下!」

「雪媛……雪媛……!　ああ……!　どこにいるのだ!」

蹲《うずくま》って泣き叫ぶ碧成を寝所《しんじょ》へ連れていくように、と雨菲が命じる。

「陛下、お待ちください!　朔辰の件はまだ……!」

「おやめなさい!　陛下が苦しんでいらっしゃるのがわからないの?」

実の父に向かって、雨菲は眉を逆立てた。

「なんとかなさい!　陛下をこれ以上煩《わずら》わせることのないように!」

碧成に付き添って雨菲は出ていき、残された者たちはそっと高易の様子を窺《うかが》った。碧成の信頼を得ている雨菲ではあったが、父と娘との間には意見の隔《へだ》たりがあるらしい。

「陛下は、軍を動かすなと仰《おお》せだ。皆、よろしいな」

護堅が周囲を見回す。

誰も異論はないようだった。

その様子を、高易は苦い思いで見つめていた。


「では、雪媛様は戻られないのですか？」

皇后《こうごう》の居室で、眉娘《びじょう》は手にしていた筆を下ろした。

東睿《とうえい》と柏林《はくりん》も縫い物の手を止めて、鷗頌《おうしょう》が仕入れてきた話に耳を澄ませている。

「ええ。クルム側の使節が現れず、雪媛様の姿はどこにもなかったらしいわ。クルムに騙《だま》されたのだと、唐智鴻は触れ回ってる」

「……本当に、いらっしゃらなかったのでしょうか」

智鴻より先にティルダードへと向かった飛蓮と潼雲は、まだ戻ってこない。

「もしかしたら、飛蓮たちが雪媛様を先に取り戻したのかも」

柏林が声を弾《はず》ませたが、鷗頌が肩を竦《すく》めてみせる。

「そうだったらいいけど、いまだになんの連絡もないのが気になるわ」

「飛蓮さんも、潼雲さんも、病気で出仕できないということにしているんですよね？」

「ええ、そう。それもだいぶ怪しまれているみたいだし、早く帰ってきてもらいたいけれど」

「皆さん、ご無事だといいのですが……」

「──皇后様、独賢妃《けんひ》様がおいでてございます」

外から宮女の声がして、眉娘たちははっと口をつぐんだ。互いに顔を見合わせる。大慌てで絵や縫い物を片付けながら、眉娘は内心首を傾《かし》げていた。独芙蓉《ふよう》が皇后である東睿を訪ねてきたのは初めてだった。一体何の用だろうか。

鷗頌が何食わぬ顔で、ゆっくりと扉を開ける。

「皇后様にご挨拶《あいさつ》いたします」

現れた芙蓉は形式に則《のっと》って礼は取ったものの、自分が遜《へりくだ》ることに対して不服である様を隠しきれていない。最近はすっかり雨菲が力を持ち、この仮の後宮における彼女の影響力は弱まっているが、それでもかつての寵姫《ちょうき》としての矜持《きょうじ》があるのだろう。

「賢妃、ごきげんよう。突然どうしたのです」

東睿はたおやかな微笑を浮かべて迎え入れた。相変わらず、どう見ても清楚《せいそ》な令嬢の佇《たたず》まいである。誰を相手にしても狼狽《うろた》えたりまごつく様子がまったくないのが、本当に頼もしかった。

「恐れながら、皇后様にお願いがあってまいりました」

「何でしょう」

「燦国軍を、呼び戻していただきたいのです」

横で聞いている眉娘と柏林は、無言で視線を交わした。

燦国軍が撤退を始めた、という話は聞いていた。燦国公主《こうしゅ》である東睿――実際は偽者《にせもの》であるし女ですらないが――には、援軍を率いていた将軍から直々《じきじき》に報告の書状も届いている。

「燦国公主であるあなたであれば、命じることができるはずです」

「……それは、できません」

「何故《なにゆえ》です」

「軍への命令権など、私にはありません」

「あの援軍は、あなたがこの国の皇后となるからこそやってきたのでございましょう。自分たちの公主をこのような状況の中、放って逃げ帰るつもりなのかと、すぐに戻って守るようにと申しつけるべきでは？」

苛々《いらいら》とした様子の芙蓉は、だんだんと語気が荒くなってくる。

対照的に、東睿はどこまでも淡々としていた。

「嘆願だけならば、できるでしょう。ですが軍の帰還は燦国皇帝陛下の命《めい》です。私が縋《すが》りついてどうなるものではありません、残念ながら」

「――あなたは、この国の！　皇后でしょう！」

位《くらい》が上の者に対する礼儀や遠慮をかなぐり捨てて、芙蓉は叫んだ。

「偽《いつわ》りの皇帝がのさばり、さらには他国に侵略されようとしているというのに、座して何もしないつもりなの⁉　皇后には皇后としてなすべきこと、できることがあるはずでしょう！」

切迫感を表情に浮かべた芙蓉の様子に、眉娘は息を呑んだ。

「陛下はすっかり雨菲の言いなりよ。それでもあなたは皇后で、しかも燦国の公主という肩書があるのだから、発言権があるじゃないの。私とは違って――」

「……賢妃」

「ここが攻め込まれたらどうするのよ。もしもそうなれば、公主は……公主がどうなってしまうか……！」

裳裾《もすそ》を握りしめる芙蓉の手が、震えているのに気がついた。

だから彼女はここへ来たのだ、と眉娘はようやく腑《ふ》に落ちた。娘の平隴《へいろう》を守るために、自分にはできないことをできる者のところへ。

己《おのれ》を律するように大きく息を吸い込み、わずかに落ち着きを取り戻した芙蓉は「申し訳ございません」とぎこちなく謝った。

「取り乱しましたわ」

「……なるほど。私の言葉がどれほどの力を持つかは何とも言えませんが、確かにあなたの言う通り、それは私の責務ですね」

東睿は立ち上がると、静々と芙蓉に近づいた。そして、そっと彼女の手を取る。

芙蓉はびくりと肩を震わせた。

「公主も、あなたも、それにここにいる女たち——皆が安心できる場を作るのが私の役目。できるだけのことはいたしましょう」

真摯《しんし》な物言いだった。

それが伝わったのだろう。芙蓉は、少しだけ目を伏せた。

「……どうか、よろしくお願いいたします」

やってきた時とは打って変わって、芙蓉は随分としおらしい様子で出ていった。その後ろ姿を見送り、鷗頌が意外そうに呟く。

「あんな独芙蓉、初めて見るわ」

「それだけ娘のことが心配なのでしょう」

東睿が言った。

「東睿君、どうするつもり？　本当に燦国軍に戻ってくるよう嘆願書を送るの？」

「本物の衛国《えいこく》公主とは筆跡が違うでしょうから、それで別人だとばれてはまずいですし
……恐らく本物の公主だとしても、彼らを留《とど》めるのは難しいでしょう」

「じゃあ……」

「独賢妃は案外真っ当な感性をお持ちなんですね。現実的だ。確かに彼女の言う通り、我々もできる範囲で対処をするべきですね」

東睿は思案するように顎《あご》を摩《さす》る。その様子は男の子らしい。

「環王軍か朔辰軍かはわかりませんが、いつここが攻め込まれて火の海にならないとも限りません。せめて後宮の女性たちの退路を確保しておきたい。女の人が辛《つら》い思いをするのは、見たくありません。今の陛下が緊急時に、雨菲さん以外に目を配るとは思えませんし。

――鷗頌さん、陛下の居殿《きょでん》へ連絡していただけますか。明日、お目にかかりたいと」

「陛下に？」

「はい。今までこちらから伺《うかが》うことはありませんでしたが、賢妃の言うように、僕のことをあからさまに無下《むげ》にはしないでしょう。とりあえず何をするにも金子《きんす》が必要です。適当

な理由をつけて、そのあたりを工面《くめん》できるようお話ししてみようと思います」

雪媛が戻らなかったことで心痛が増したのか、碧成は臥《ふ》せってしまったようだった。皇后からの訪問の意向も、体調が悪く当面会うことはできない、というすげない返事である。数日おきに「お加減はいかがですか」と問い合わせるものの、回復する気配は見えなかった。

「お見舞いに伺いましょう」

七日経《た》った頃、東睿はそう言って立ち上がった。

「雨菲様がお傍についているようです。追い返されるのでは……」

「その時は、燦国から火急の知らせがあった、とでも言って押し入ります」

眉娘はぎょっとした。

「押し入るって……」

「無理にでも顔を見て話すことができれば、そう邪険にはなさらないでしょう。僕の背後にはひとつの国がついているんですから。すみませんが、着替えの用意を」

柏林が皇帝との謁見《えっけん》にふさわしい衣《ころも》と装飾品を選び、眉娘が化粧を施《ほどこ》す。落ち着きのある深緑の裙《くん》に、橙《だいだい》の披帛《ひはく》の取り合わせがよく映《は》えた。作り上げられた自分をまじまじと眺めながら、鏡の前で東睿は赤い紅に彩られた形のよい唇に、優雅な笑みを浮かべてみせる。どこからどう見ても気品ある若き皇后だ。

その仕上がりに一同は満足し、碧成の居殿へと向かった。

門の前には侍衛《じえい》が数名守りについていた。彼らは東睿に恭《うやうや》しく頭《こうべ》を垂れたが、「お待ちください」と制止した。

「申し訳ございません皇后様。陛下はどなたともお会いになりたくないと」

鷗頌が「無礼者！」とわざと高圧的に叱《しか》りつける。

「皇后様から陛下へ、大事なお話があるのです。侍従はどこ？　陛下にすぐに取り次がせて」

「しかし」

「燦国軍のことです。戦況を左右するお話ですから、早くなさい」

「……その、ですが……申し訳ございません。誰も通してはならぬとの厳命でございまして」

眉娘は彼らの奥に覗《のぞ》く居殿を遠目に眺めながら、やけに静かだ、と思った。

碧成は眠っているのだろうか。それでここに詰めている者たちは皆、足音を消すようにして歩いているのかもしれない。

（歩く……）

そういえば、人影をまったく見かけない、と思った。

皇帝の周辺ともなれば、多くの宮女が行き交っているはずなのに。妙に閑散《かんさん》とした印象を受ける。

「……随分と静かだこと」

同じことを思ったのか、東睿が呟いた。

「それが、陛下はずっと雨菲様以外を遠ざけてらっしゃいまして、居殿からも追い出してしまわれたのです」

「では侍従も宮女もいないというの？」

「雨菲様の侍女が、時折出入りはしております」

すると東睿は唐突に、つかつかと門に向かっていく。驚いた侍衛が行く手を遮《さえぎ》るように立ち塞《ふさ》がった。

「皇后様、どうか――」

「きゃあっ！」

東睿が突然、可憐《かれん》な悲鳴を上げて膝をついたので、その場にいた全員が驚いた。

「皇后様？　どうなさいました」

「この者が、私の身体に触れたのです！　なんという無礼な！」

さめざめと泣きながら、呆然と立っている男を指さす。彼は真っ青になってたじろいた。

「い、いえ、そのようなことは――」

「皇后様に向かってなんたる無礼！　お前、名は？　一族全員、無事で済むと思うでないぞ！」

鷗頌が凄《すさ》まじい剣幕で喚《わめ》いた。その迫力に侍衛たちが怯《ひる》み、後退《あとずさ》る。

その一瞬の隙を突いて、東睿は彼らの脇をするりと抜け、軽やかに駆け出して門を潜《くぐ》った。

「――あっ！」

驚いている彼らを尻目に、ぱっと鷗頌が続く。

慌てて柏林と眉娘も後を追った。

「お待ちください、皇后様！」

侍衛たちは憐れっぽく叫んで追いすがったが、先ほどの件が尾を引いているのか、その態度はすっかり及び腰である。

「陛下の寝室は？」

「こちらです」

鷗頌の案内に従い、東睿は長い裳裾を煩わしそうに持ち上げながら小走りに駆けた。

「こ……ここ、です」

普段あまり走らないので、鷗頌は息が上がっている。彼女が示した大きな扉の前にはやはり、侍従や宮女の姿は見当たらなかった。

東睿は少し居住まいを正した。

「陛下、皇后様がお見えでございます」

鷗頌が中へ向かって声をかける。

しかし、返事はない。

すると東睿は、自ら扉の向こうへと声を上げた。

「――陛下。お話がございます」

答える者はない。

「雨才人《さいじん》、そこにいるのですか」

返事は、ない。

「開けますよ」

眉娘たちが息を呑む中、東睿はおもむろに扉に手をかけた。

音を立てて開け放たれた扉の向こうは、ひどく薄暗かった。

東睿の後ろから中を覗き込んだ眉娘は、その奥に、帳《とばり》の下りた寝台が据えられているのを確認する。周囲に、人影はない。

「陛下……？」

がらんどうのような部屋の中へと足を踏み入れた東睿は、ゆっくりと寝台へと近づいていく。

そして帳に手をかけると、それをぱっと引いた。

現れた光景に、その場にいた全員が立ち尽くす。

誰もいない。

もぬけの殻《から》の寝台が、冷え冷えと横たわっていた。

眉娘は不安そうに周りを見回しながら、震える声を上げた。

「――陛下は、どこへお行きになったのですか？」

七章

雨菲《うひ》は馬車に揺られていた。

彼女の膝《ひざ》に頭を乗せ、子どものように眠っている碧成《へきせい》の横顔を見下ろす。薬がすっかり効いているようだ。

すでに夜も更《ふ》け、あたりは闇に包まれている。馬車の前後にぴたりとつく数名の騎馬に守られながら、わずかな月明かりの下を静々と進んでいく。

「雨菲様、もうすぐ城門でございます」

外から、唐智鴻《とうちこう》の声がした。

「わかりました」

長い間準備してきたこの日を、どれほど待ちわびたことだろう。

唐智鴻がその企《くわだ》てに加わったのはほんの数日前のこと。クルムとの交渉に失敗し碧成の不興《ふきょう》を買った彼は急速に立場を失い、雨菲に助けを求めてきた。出自的には身分が低く気に入らなかったが、それでも利がある者につくのを得策と考える男だったから、ひとまず使える手駒だと思った。

お蔭《かげ》で、順調にここまでやってこれた。とはいえ信用するつもりはない。この蝙蝠《こうもり》男は、旗色が悪いと見ればすぐに裏切るだろう。

ぎしり、と馬車が停止した。

「――門を開けよ！」

静寂《せいじゃく》の中に、智鴻の声が響く。

夜更けの訪問者を怪《あや》しみ誰何《すいか》する声が、城壁の上から降ってきた。

「蘇《そ》雨菲様をお連れした！　すぐに門を開けよ！」

唐智鴻の言葉に、ざわざわと兵士たちが困惑《こんわく》しているのがわかる。

それはそうだろう。こんなところに、突然彼女が現れるなど誰も思わない。

門の開く音がする。それと、いくつかの足音。

「馬車の中を検《あらた》める」

「無礼者が。控えよ！」

「――いいのです、智鴻」

雨菲は自《みずか》ら、小窓にかかった帳《とばり》をわずかに上げた。

兵士の持つ松明《たいまつ》の明かりが、彼女の白い顔を闇の中にぼんやりと照らし出す。

にこりと微笑んでみせた。

兵士は戸惑《とまど》いながらもその顔をよくよく確認し、やがて彼女の膝の上で眠る人物に気がついた。

「……！」

息を呑んで青ざめる。雨菲はそっと、声をかけた。

「そなたたちの主に、雨菲が参ったと伝えなさい。ここでいつまでも私を待たせることは、あの方が決してお許しにならないでしょう」

雨菲は微笑し、静かに帳を下げた。

一行は慌《あわ》ただしく門の中へと迎え入れられる。

胸が高鳴っていた。

すべてはこの時のため。

なにもかも、ようやく報《むく》われる。

馬車が再び動きを止める。目指す場所に辿《たど》り着いたのだと、彼女は悟った。

「雨菲様、どうぞ」

智鴻の声が彼女を促《うなが》す。

碧成の頭をゆっくりと持ち上げ、座席にそっと横たえてやる。彼をその場に残し、雨菲は一人、皇宮《こうぐう》の整然とした石畳の上へと静かに降り立った。

「――真なのか⁉　雨菲が来ただと⁉」

闇の向こうで侍従の持つ明かりが赤く燃え、慌ただしく近づいてくる人影が揺れている。

懐《なつ》かしい声に耳を澄ました。

その人物は馬車の傍《かたわ》らに佇《たたず》む彼女を見つけると、足を止める。

心が歓喜に満ちていく。

雨菲は涙を堪《こら》え切れず、頬を濡らしてその場に跪《ひざまず》いた。

「……環王様《かんおう》！」

環王は信じられないというように、唇をわななかせている。

「雨菲……？」

一歩一歩、ゆっくりと確かめるように彼女に近づく。

「本当に……？」

腕を伸ばす。

「雨菲！」

感に堪《た》えないように、雨菲を抱きしめる。雨菲もまた彼の背に腕を回し、しっかりとその存在を確かめた。

「よく、よくぞ無事で……！」

雨菲の涙を拭《ぬぐ》ってやりながら、言尾を震わせた。

「顔をよく見せてくれ。さぞ辛《つら》かったであろう。すまない、救い出すことができず……」

「ずっと、お会いしとうございました」

「これは一体どういうことだ？　兄上のもとから逃げてきたのか？」

「環王様……いいえ、皇帝陛下。お渡ししたいものがあるのです」

そう言って雨菲は、智鴻に合図する。

智鴻は手にしていた包みを、両手で掲《かか》げるように恭《うやうや》しく差し出した。

「これは？」

するりと包みが開かれる。

「――！」

闇の中で灯火に照らし出されたのは、皇帝の持つ玉璽《ぎょくじ》であった。

「これを持つべきは、陛下でございます」

恐る恐る、環王は玉璽に手を伸ばす。

「雨菲……」

「それともうひとつ。陛下に、贈り物がございます」

雨菲は明かりを持ち、こちらへ、と彼の手を引く。

二人はともに、馬車の中を覗き込むように顔を寄せた。

環王が、息を呑むのがわかった。

その横顔を見つめながら、雨菲は微笑む。

瞼《まぶた》を閉じたまま力なく横たわっている碧成を前に、彼女は愛《いと》しい人の耳元に囁《ささや》いた。

「——これでこの国は、陛下のものでございますわ」


シディヴァの即位式当日は、よく晴れていた。アルスランの都はお祭り騒ぎで、あちこちで酒が振る舞われ、誰もが浮かれ騒いでいる。

式典は城の外、川辺の開けた大地で行われた。

この日、シディヴァは女物の正装を身に纏《まと》っていた。銀の糸で精緻《せいち》な花の文様の施《ほどこ》された雪のような純白の袍《ほう》、頭部には冠のごとき円錐《えんすい》形の金の帽子を戴《いただ》き、帯状の髪飾りが左右に垂れて日に焼けた顔を彩っている。眼帯にもまた同じく金の装飾が施され、雄々しく駆ける馬の姿が織り込まれていた。

その横には、夫としてユスフが並ぶ。彼もまたシディヴァと同じく銀糸《ぎんし》の刺繡《ししゅう》で飾られた白い袍である。

二人の袖口《そでぐち》は黒く縁《ふち》どられているが、片袖にそれぞれ、鹿の意匠《いしょう》が縫い取られていた。夫婦が隣り合って並ぶと、その鹿が互いに向かい合い、対《つい》になっていることがわかる。二つで一つの、揃《そろ》いの装《よそお》いなのだ。

そうして見ると、二人は初めて、大層夫婦らしく思えた。

全族長の前で巫覡《ふげき》からの祝福を受けるシディヴァを、雪媛は後方から見守っていた。自分も妻としてシディヴァの横に並ぶ、と駄々をこねるかと思われたナスリーンは、意外なことにそんな無茶も言わず、雪媛の隣の席におとなしく収まっている。

居並ぶ草原の勇士たちが、彼らの新たなカガンに頭《こうべ》を垂れた。その中にはタルカンもいる。夫であるユスフもまた、彼女の隣で膝をついている。小柄な彼女は誰よりも大きな存在感を示し、圧倒的な覇気を放ちながら彼らを睥睨《へいげい》していた。

彼女に傅《かしず》くことは、きっと心地よくさえ感じるだろう。比類なき強者を戴き支えることは、快感ですらあるかもしれない。

カガンとなりこの国の頂点に君臨する彼女は、さらに版図《はんと》を広げ、より強大な力を得るに違いなかった。どこまでも駆け続けるその姿を仰ぎながら間近に生きれば、退屈とは無縁だ。わずかでも自分の力がその一翼を担《にな》うならば、己《おのれ》がここに新たな生を亨《う》けたことも無駄ではないと思えるだろう。

なにより、と雪媛は隣の青嘉《せいか》の顔を見上げた。

ここでなら、誰憚《はばか》ることなく、青嘉とともに生きることができる。

視線に気づいた青嘉が、「どうしました?」と柔らかな笑みを浮かべた。その表情に自分に対する慈《いつく》しみが溢《あふ》れているのを見て取ると、雪媛は眩《まぶ》しそうに俯《うつむ》いた。

「……なんでもない」

温かく大きな手が、その右手を包むように握った。

「俺は何があっても、常にともにあります」

自分のつま先を見つめたまま、雪媛は青嘉の声に耳を傾ける。

「悔いのない道を選ぶべきです。——もしも明日、命が尽きるとしたら、あなたは何を望みますか」

わぁっと歓声が上がった。

シディヴァがゆったりと手を上げ、その声に応《こた》えている。

草原に、女王の国が生まれたのだ。

溢れんばかりに酒が振る舞われ、賑々《にぎにぎ》しく宴《うたげ》が始まった。この日はカガン即位を祝して、シディヴァの前で弓射、相撲、競馬が披露《ひろう》されることになっている。

雪媛はシディヴァに手招きされて、その横に強引に座らされた。

「飲め」と青嘉と揃《そろ》って大きな杯を押しつけられ、シディヴァが手ずからどぼどぼとクミスを注いでくれる。いまだに美味とは思わないが、それなりに慣れてきたそれを喉《のど》に流し込む。青嘉は一気に飲み干して、「いい飲みっぷりだ」とユスフにさらに二杯目を注がれていた。

眼前に広がる青々とした平原には、腕自慢の男たちと見物人が集まっていた。その中には、瑞燕国から来た面々の姿もある。御前競技には誰でも参加してよいというので、せっかくだからと出場することにしたらしい。

飛蓮が弓射、瑯《ろう》が相撲、潼雲《どううん》が競馬にそれぞれ名乗りを上げていた。

なお、燗流《かんる》は「絶対勝てないので結構です」と見物に回り、外れた矢が自分に飛んでくるのに備えて、だいぶ遠くにひとりぽつんと佇《たたず》んでいる。

試合は、弓射から始まった。用意された的《まと》から、どれだけ離れて正確に撃ち抜けるかで競われる。

クルムの屈強な男たちに交じって弓を射る飛蓮は、これまでの彼より、ずっと肩の力が抜けているように見えた。女性からの視線を感じないという稀有《けう》な状況を、存分に楽しんでいるようだ。そのお蔭か思いのほか健闘し、並み居る強敵に交じって七位に入った。

相撲の部では、卿が一瞬で相手を投げ捨てる快勝ぶりを続け、破竹《はちく》の勢いで決勝まで上り詰めた。ところが、最後の最後に対戦した草原随一《ずいいつ》の大男と大熱戦を繰り広げた末、惜しくも敗北を喫《きっ》することとなった。

負けた卿ではあったが、優勝した大男と意気投合したらしく、肩を抱いて笑い合っている。言葉はわからずとも、戦いの中で通じるものを感じたようである。

「南人《なんじん》も、よくやる」

試合を眺めていたシディヴァが、酒に口をつけながら面白がるような口ぶりで身を乗り出した。

雪媛は彼らに誇らしさを感じながらも、もし瑞燕国が真っ向からクルムとぶつかればどうなるか、と考えた。

これほどに腕の立つ者が揃《そろ》い、そしてシディヴァの下《もと》で統率が取れているのだ。相当に苦戦するだろう。今の瑞燕国では、あっという間にクルムの軍勢に平らげられてしまうかもしれない。

（敵にはしたくないものだ）

最後に催されたのは競馬だった。

出場するムンバトが、ナスリーンのもとへ駆け寄っていく。

「ナスリーン。俺、今度こそ優勝するから！」

「あらそう」

「……それだけかよ！」

「シディもユスフも雪媛も青嘉も出ないんだものねぇ。これじゃあよその部族に負けちゃうじゃないの」

「だから！　俺が優勝を……」

「あら、あなたも出るの、潼雲？」

馬の準備をしている潼雲を見つけて、ナスリーンが声をかけた。

「これほどの猛者《もさ》が集まっているところで、見物だけなどもったいないからな」

「この間はすごかったのよ。雪媛がシディに勝っちゃって！　あれからみんな雪媛に一目《いちもく》置いてるわ。ここではとにかく、強い人、それに馬の扱いに優れる人ほどもてはやされるのよ。それに、勝者には褒美《ほうび》がたくさん与えられるんだから。頑張ってね」

「おい、俺にはなんで頑張ってと言わないんだよ？」

ムンバトが不服そうに声を上げた。

「はいはい、頑張って」

おざなりな言い方に、ムンバトは微妙な表情を浮かべる。そして、潼雲をきっと睨《にら》みつけた。

「おいお前！　俺たちは生まれた時から馬の上で生活しているんだ。ぬくぬくと暖かい場所で育った、腑《ふ》抜《ぬ》けた南人なんかが勝てると思うなよ！」

「何だ？」

潼雲もむっとしてムンバトを睨んだ。言葉はわからずとも、敵意は感じたらしい。

「そんなこと言って、雪媛にも青嘉にも負けたじゃないの」

「うるさい！　――くそっ、とにかく俺が勝つ！」

勇んで自分の馬のもとへ戻っていくムンバトに、ナスリーンは首を傾《かし》げている。

「褒美というのは、何がもらえるんだ？」

潼雲が尋《たず》ねた。

「シディは望むものをなんでもくれるわよ。大抵はみんな、家畜を欲しがるわね。馬や羊なんかよ」

「なんでも、か……」

ちらりとナスリーンを窺《うかが》い、潼雲は少し考え込む。

「ムンバトはさておき、クルムの人たちは実際馬の扱いに長《た》けているから、あなた苦戦するかもよ。まぁ頑張ってね」

「――出場者は位置につけ！」

「あ、始まるわ！」

集合がかかり、潼雲は馬に飛び乗った。

ナスリーンは手を振って見送っている。

「まさか今回も途中出場しないだろうね、シディ」

ユスフが不安そうに尋ねると、シディヴァはくくっと低く笑った。

「どうだろうな」

「たまには若者たちに見せ場を与えるものだよ。そら、あの二人なんていかにも面白そうだ」

隣り合っているムンバトと潼雲が互いを睨みつけている様子を、にやにやと眺める。

「二人のうちどちらかが勝って、ナスリーンが欲しいって言われたらどうする？」

「ふん」

シディヴァは面白そうに唇を曲げた。

「その時は、俺と一対一だな」

聞きながら、それは馬でのことなのか剣での勝負なのか、と雪媛は内心で危ぶんだ。さすがに潼雲が死ぬかもしれない。

こそっと青嘉に囁く。

「万が一の時は潼雲を助けてやれ、青嘉」

「俺に助けられるのは、潼雲にとっては屈辱かと。――大丈夫です、潼雲なら自らの力でやり遂《と》げます」

旗が振られ、一斉に馬が駆け出した。

潼雲とムンバトは、互いに抜きつ抜かれつの接戦を繰り広げた。最初から最後まで先頭集団に入っており、どちらが勝ってもおかしくはない。

しかしながら一位を勝ち取ったのは、後ろから追い上げてきた別の部族の若者であった。

二人は同着二位の判定である。

勝負を終えても、二人は馬上で睨み合っていた。

「絶対俺のほうが先だった！」

「俺の馬の鼻が先に前に出ていた！」

二人は同着扱いが気に入らないらしく、通じない言葉でずっと言い争っている。ナスリーンはというと、彼らには背を向けて、宴で饗《きょう》された料理に舌鼓《したつづみ》を打っていた。

「お前の家来たちは、皆優秀だな」

シディヴァが感心したように言った。

「よくもあれだけの人材を取り揃えたものだ。俺に譲る気はないか？」

雪媛は牽制《けんせい》するように、にたりと笑う。

「だめ。あげない」

「ちっ」

「それに——家来では、ない」

「うん？」

いまだに言い争っている潼雲。

天祐《てんゆう》は愛珍《あいちん》を抱いて嬉しそうにしているし、その横で芳明《ほうめい》は純霞《じゅんか》と談笑している。

飛蓮は永祥《えいしょう》と語らいながら酒を酌《く》み交わし、瑯は小舜《しょうしゅん》につつかれている燗流が川に落ちたのを助けている。

彼らを見つめながら、自然と、言葉が零《こぼ》れた。

「家来ではない。——私の、仲間だ」

青嘉が少し驚いたように、雪媛を見つめている。

雪媛は自分で口にしながら、今初めてそれに気づいたように思った。

口にしたことで、それは確信に変わった気がした。

「……ほう」

シディヴァもまた、意外そうな表情を浮かべた。

手にしていた酒杯を、静かに置く。

「シディ、覚えているか」

「うん？」

「ナスリーンを連れて逃げる時、あなたは言った。左賢王シディヴァは必ず借りを返す、と」

シディヴァは自嘲するような、苦い笑みを漏《も》らす。

ナスリーンを救えなかったこと、雪媛を身代わりとして差し出したことは、彼女の中で屈辱と後悔の記憶として残っているのだろう。

「もちろんだ」

その答えに、雪媛は立ち上がった。

風が吹いて、白い雲が流れている。

広い広い空と大地の果て、その遥《はる》か彼方《かなた》にある国を見据えるように、雪媛は強い眼差《まなざ》しを向けた。

「その借りを今、返してもらえないだろうか」

姿を現した軍勢は、黒く蠢《うごめ》く別の生き物のように大地を覆《おお》っている。

その全容を見渡しながら、江良《こうりよう》は重いため息をついた。

彼が立っているのは、瑞燕国北部、蓬《ほう》州にある白山《はくさん》県城の古びた城壁の上である。

この城へ朔辰《さくしん》軍が攻め寄せてきたのは、三日前のことだ。国境付近の城が落ちたと聞いた時から、侵攻してくるのは時間の問題だと考えていた。

門を固く閉ざし、今は睨み合いが続いている。

しかし、このまま長くはもたない。城に備蓄してある食糧で、城内の民を食わせることができるのは後ひと月ほどだ。

足取りも重く県令《けんれい》の執務室へ向かうと、書状をしかめっ面《つら》で眺めていた薛《せつ》雀熙《じやくき》が顔を上げた。

この数日で、彼はげっそりと痩《や》せた気がする。

「お疲れのようですね。今のうちに少しでも休まれたほうがいい」

「明日にはこの城にいる全員が永遠の眠りにつくかもしれないんだ。休めるかよ」

碧成によって都を追放された雀熙は、ここ白山県の県令となっている。環王から朝廷への出仕を求められたが、それを断り留《とど》まっていた。

江良はその説得のために彼のもとにやってきた。しかし雀熙は頑《かたく》なに首を縦《たて》に振らない。江良としても本心から環王に仕えてほしいなどとは思っていなかったので、一度は諦《あきら》めて都へ戻った。

やがて碧成との戦《いくさ》が優勢に進み、自信をつけた環王は再び江良を呼び出し、雀熙を連れ戻すように命じた。無理だろう、と思いながらも、江良は再度都を後にした。

そして予想通り雀熙から断られたというのに、そのままここに居座っている。表向きの理由は、必死に説得を試みている、ということにしている。

朔辰軍が国境を侵《おか》したのは、そんな折であった。

侵攻が始まるとすぐに、州刺史《しし》が都へ援軍要請を行った。しかし返ってきたのは、今は援軍は出せない、なんとしてでも北部において敵を撃退せよ、という返事であった。環王と碧成の戦いはいまだに続いている。戦力を割くわけにはいかないということだろう。

そこで雀熙は、淅鎮《せっちん》へも援軍を求めた。

碧成は淅鎮にまだ相当数の兵を温存していると聞いた。これを動かすことができれば、と考えたのだ。

「淅鎮の援軍の件、どうなりました」

江良の問いに、雀熙は渋面《じゅうめん》を作る。

「援軍は、来ない」

手にしていた書状を江良に渡す。

さっと書面に目を通した。長々と書いてあったが、要するに兵は一兵たりとも出せないという内容だ。さらには、決して敵を南下させるな、必ず防衛せよ、との命令まで入っているあたり、もはや失望を通り越して笑えてくる。

「……そうですか」

環王も碧成も、皇帝を名乗りながらその領土が侵されようという時に、その最大の責務を果たそうとしない。

力なく書状を机に置いて、江良は言った。

「雀熙殿。どこか遠く、誰も自分を知らないところへ行って、山に籠《こ》もって暮らしたいと思ったことはありませんか」

雀熙は不審そうな表情を浮かべた。

「何だ？」

「この世の無常に別れを告げて、山奥の小さな庵《いおり》で仙人のように暮らすんですよ。季節を感じながら、書を読み、詩を作り、酒を飲んで、一人、何ものにも煩《わずら》わされず」

「仙人というより、世捨て人だな」

「考えたことありませんか。……すべてが、虚《むな》しくなることはありませんか」

「あるさ。ここへ飛ばされた時、もう職を辞してどこかに隠遁《いんとん》しようかと考えた」

江良はへぇ、と声を上げた。

「でも、そうはしなかった」

「お前は、だからここに居座って帰らなかったのか？」

「………」

そうかもしれない、と江良は思った。

江良には実現したい理想があった。

出自や家柄にかかわらず能力のある者が力を発揮できる平等で公平な国、他国に脅《おびや》かされない強い国、弱い者が苦しまない優しい国。

後宮内で、人が死なない国。異民族の女の子が、安心して歩ける国。

かつて雪媛に語った理想は、その輪郭《りんかく》すら見えてこない。

今のこの国は、混迷を極めている。

江良の理想には、同じ未来を見てこれを是《ぜ》とする君主が必要だった。だが今、そんな人物はこの国に存在しない。

雪媛が姿を消し、ここで生きていく意味を失ってしまった気がしていた。

（いつの間にか、俺にとっての理想とは――瑞燕国とは、雪媛様のいる世界になっていたんだな）

空虚な気分だった。

雪媛がいないのなら、理想が実現できないのならば、すべてを手放してしまってもいいのかもしれない。

そうして一人どこかで、隠遁生活を送る。

それもいいかもしれない、と思ってしまう。

「俺は息子に、悪くない未来を残してやりたい。だから山奥に引き籠もっている暇《ひま》はない」

雀熙には昨年、男の子が生まれた。遅くにできた子ということもあり、彼の溺愛《できあい》ぶりは相当なものだった。

江良は苦笑する。

「そうですよね」

「お前は誰かいないのか。家族でも、恋人でも。守りたい相手が」

そう言われて思い出すのは、柔蕾《じゅうらい》の面影《おもかげ》だった。

あの少女を守ることもできず、世界を変えることもできず――何もできない自分が、一番虚しい。

どこかで、わあっと地鳴りのような声が上がるのが聞こえた。

二人ははっとして視線を交わす。

「敵が攻撃を開始しました！」

駆け込んできた兵士の言葉に、雀熙は表情を引きしめた。

「目の前のことで手一杯だ。世捨て人になるのはその後だぞ、江良。俺はここにいる民を死なせたくない。今はそれだけだ。お前の力を貸せ」

立ち上がり、杖《つえ》を摑む。

二人は執務室を出ると、慌ただしく城壁へと駆け上った。梯子《はしご》をかけようとする敵に対し、兵士たちは必死に矢を放っている。

「城の中へ一兵たりとも入れさせるな！」

敵は壁沿いに立てた梯子を登り始める。こちらの攻撃で落下していく者もいれば、じりじりと登ってくる者もいた。

飛んでくる矢が、すぐ脇を掠《かす》めていく。

江良は身を低くしながら、こういう時自分は戦力としてはまったく役に立たない、と改めて思う。一応剣は持ってきたが、今までうまく扱えたことは一度もない。

代わりに、できることをやるしかなかった。

城壁のあちこちには江良の指示で、事前に大量の石や煉瓦《れんが》、それに油を用意させてある。

敵が高い位置まで登ってきたのを見計らって、江良は声を上げた。

「石を落とせ！」

一斉に城壁の上から大きな石や煉瓦を投げつける。途中まで登ってきていた幾人かが、悲鳴を上げて落ちていくのが見えた。

しかし次々に新たな兵が梯子に手をかける。

「油を撒《ま》くのだ！　火矢を放て！」

大きな樽《たる》に注がれた油を、一気に敵の頭上に降り注ぐ。弓兵が火をつけた矢をぎりぎりと引き、音を立てて放った。梯子に火が走り、ぱっと燃え上がった炎に包まれた人影が落下する。

「――敵だ！」

叫び声が、すぐ間近で上がった。

妨害を避けて梯子を登り切った敵兵が、ついに城壁の上に手をかけたのだ。

近くの兵がこれを斬り捨てたが、その後に続いて現れた敵が彼の足を摑むと、壁の外へと投げ飛ばす。

一度開いた穴は、すぐに広がり始めた。梯子からわらわらと敵兵が続いて城壁の上に降り立ち、その場は一気に戦場と化した。

沸き上がる剣戟《けんげき》の響きと断末魔《だんまつま》の叫びを聞きながら、江良は汗の滲《にじ》む手で剣の柄《つか》を握りしめる。

青嘉の顔を思い出していた。もっと鍛えたほうがいい、剣も弓も苦手では何かあった時どうするのだ、とことあるごとによく言われたものだ。

(確かに、もう少し頑張っておけばよかった)

「雀熙殿、中へ！」

雀熙を先に逃がそうと背後に庇《かば》う。

その時だった。

敵兵が江良に斬りかかり、白刃《はくじん》が視界に大きく映った。

「――江良！」

雀熙が叫んだ。

間一髪《かんいっぱつ》で躱《かわ》した江良は、「早く行ってください！」と声をかけ、剣を抜いた。

その重みに怯《ひる》みそうになりながら、両手で握りしめる。

敵が再び剣を振った。

「うぅっ！」

なんとか受け止め、押し返す。手がびりびりとした。

やはり自分の手は筆や書物を持つものであって、こんな重い鉄の塊《かたまり》を振るうためのものではない、と再認識する。

それでも、やらねばならぬ時はあるのだ。今が、その時だった。

反動で倒れた江良に、相手は追い討ちの一撃を振り下ろそうとする。

まずい、と思った瞬間、敵の頭にゴッと音を立てて何かが当たった。

雀煕が自分の杖で殴りつけたのだ。

その隙に江良は両手に力を籠《こ》め、渾身《こんしん》の力で斜めに斬り上げる。鮮血が散り、敵の身体が崩れ落ちた。

はあはあと肩で息をしながら、ぎこちなく自分の手を見下ろす。

「大丈夫か、江良！」

「はい……助かりました」

「俺の足が無事だったら、お前よりよほど動けているぞ。もう少し鍛錬しろ」

「……はい」

一人倒したからと、安心するわけにはいかなかった。

別の梯子からも、次々に敵が顔を出し始めている。

（まずい――）

このままでは、この城は敵の手に落ちる。

（何故、援軍は来ないんだ）

自国の民が踏みにじられようとしているのに、どうして碧成も環王も、それを救おうとしないのか。

真の皇帝ならば、助けに来るはずではないのか――。

「なんだ、あれは」

雀熙が声を上げた。

彼は、敵陣営の彼方を見据えていた。

その視線の先に、白い砂塵《さじん》が舞っている。それはだんだんと、こちらへと近づいてくるようだった。

「……？」

大地が鳴動するような地響きがする。

馬だ。

騎馬の大軍が、恐ろしい勢いで迫ってくる。

「敵か？」

「……あれは……」

江良は目を凝《こ》らした。

「北方のクルム兵では？」

実際に見たことはなかったが、話には聞いている。

時折南下しては略奪を行う北方の騎馬民族。鎧兜《よろいかぶと》、髪型、胡服《こふく》、武器、それらの特徴が一致する。

その先頭には、真っ白な旗が大きく風に靡《なび》いていた。

旗には一文字、『雪《せつ》』とある。

（え……？）

江良は身を乗り出し、さらに目を凝らす。

旗手は小柄だった。

兜《かぶ》も被らず、長い黒髪は結ばずに風に揺れている。

朔辰軍は突如《とつじょ》背後に現れた軍勢に驚き、慌てふためいて浮き足立っていた。クルム兵は一気に彼らの陣へと突撃し、縦横無尽《じゅうおうむじん》に駆け巡り蹴散らしていく。

黒い雪崩《なだれ》のように押し寄せた騎馬軍勢の中に、一際《ひときわ》目覚ましい働きを見せる一騎があった。その男が剣を振るう度《たび》、人が木の葉のように舞って、散る。

「……青嘉？」

彼の従兄弟《いとこ》は、凄《すさ》まじい勢いで敵をなぎ払っていった。

（青嘉がここにいる。――ならば、あれは）

青嘉が敵を退《しりぞ》けた後には、城へ向かって一筋の道が現れていた。白い旗は、その道を走り抜けて一気に城へと駆け上る。

深い夜のような闇色の黒馬に跨《また》がった雪媛が、風を受けながら白い面《おもて》を天の下に晒《さら》した。

緋《ひ》色の衣を翻《ひるがえ》す彼女の姿は、威風堂々たる王者そのものだった。

【前巻までの登場人物】

玉瑛【ぎょくえい】……奴婢の少女。尹族であるがゆえに迫害され命を落とす。

柳雪媛【りゅうせつえん】……死んだはずの玉瑛の意識が入り込んだ人物。

秋海【しゅうかい】……雪媛の母。

芳明【ほうめい】……雪媛の侍女。かつては都一の芸妓だった美女。芸妓であった頃の名は彩虹。

天祐【てんゆう】……芳明の息子。

李尚宇【りしょうう】……代々柳家に仕える家出身の尹族の青年。雪媛の後押しで官吏となった。

金孟【きんもう】……豪商。雪媛によって皇宮との専売取引権を得た。

瑯【ろう】……山の中で烏や狼たちと暮らしていた青年。雪媛の護衛となる。

柳原許【りゅうげんきょ】……雪媛の父の従兄弟。柳一族の主。

柳弼【りゅうひつ】……雪媛が後宮で寵を得るようになってから成りあがった一族のひとり。

丹子【たんし】……秋海に仕える女。

柳猛虎【りゅうもうこ】……尹族の青年。雪媛の従兄弟にして元婚約者。

鐸昊【たくこう】……柳家に長く仕えた武人。

王青嘉【おうせいか】……武門の家と名高い王家の次男。雪媛の護衛となる。

珠麗【しゅれい】……青嘉の亡き兄の妻。志宝の母。
王志宝【おうしほう】……青嘉の甥。珠麗の息子。
朱江良【しゅこうりょう】……青嘉の従兄弟。皇宮に出仕する文官
文熹富【ぶんきふ】……江良の友人で、吏部尚書の息子。

碧成【へきせい】……瑞燕国の皇太子。のちに皇帝に即位。

昌王【しょうおう】……碧成の異母兄で、先帝の長子。歴戦の将。

阿津王【あつおう】……碧成の異母兄で、先帝の次男。知略に秀でる。

環王【かんおう】……碧成の六つ年下の同母弟。

蘇高易【そこうえき】……瑞燕国の中書令で碧成最大の後ろ盾。碧成を皇帝へと押し上げた人物。

雨菲【うひ】……蘇高易の娘。

唐智鴻【とうちこう】……珠麗の従兄弟。芳明のかつての恋人で、天祐の父親。

茉苡【ふい】……智鴻の妻。

蝶凌【ちょうりょう】……智鴻の娘。

瑞季【ずいき】……智鴻の娘。

薛雀熙【せつじゃくき】……司法機関・大理事の次官、大理小卿。芙蓉に毒を盛った疑惑をかけられた雪媛を詮議した。唐智鴻とは科挙合格者の同期。

独芙蓉【どくふよう】……碧成の側室のひとり。

平隴【へいろう】……碧成と芙蓉の娘。瑞燕国公主。

独護堅【どくごけん】……芙蓉の父。瑞燕国の尚書令。

仁蟬【じんぜん】……独護堅の正妻。魯信の母。

詞陀【しだ】……芙蓉の母で独護堅の第二夫人。もとは独家に雇われた歌妓の一人。

独魯信【どくろしん】……護堅と仁蟬の息子。独家の長男。

独魯格【どくろかく】……護堅と詞陀の息子。独家の次男。

穆潼雲【ぼくどううん】……芙蓉の乳姉弟。もとの歴史では将来将軍となり青嘉を謀殺するはずだった男。

萬夏【ばんか】……潼雲の母親で、芙蓉の乳母。

凜惇【りんとん】……潼雲の妹。

曹婕妤【そうしょうよ】……碧成の側室。芙蓉派の一人。

許美人【きょびじん】……碧成の側室。芙蓉派の一人。

安純霞【あんじゅんか】……碧成の最初の皇后。

安得泉【あんとくせん】……純霞の父。没落した旧名家の当主。

安梅儀【あんばいぎ】……純霞の姉。

葉永祥【ようえいしょう】……弱冠十七歳にして史上最年少で科挙に合格した天才。純霞の幼馴染み。

愛珍【あいちん】……純霞と永祥の娘。

浣絽【かんりょ】……純霞の侍女。


司飛蓮【しひれん】……司家の長男。

司飛龍【しひりゅう】……飛蓮の双子の弟。兄の身代わりとなって処刑された。

司胤闕【しいんけつ】……飛蓮と飛龍の父。朝廷の高官だったが、冤罪で流刑に処され病死した。

曲律真【きょくりつしん】……豪商・曲家の一人息子。飛蓮の友人。

京【きょう】……律真の母。唐智鴻の姉。

呉月怜【ごげつれい】……美麗な女形役者。司飛蓮の仮の姿。

夏柏林【かはくりん】……月怜がいる一座の衣装係の少年。

呂檀【りょだん】……年若い女形役者。飛連を目障りに思っている。

黄楊殷【おうよういん】……もとの歴史で玉瑛の所有者だった、胡州を治める貴族。

黄楊慶【おうようけい】……楊殷の息子。眉目秀麗な青年。

黄花凰【おうかおう】……楊殷の娘。楊慶の妹。

黄楊戒【おうようかい】……黄楊殷の父親。

円恵【えんけい】……楊戒の妻。楊殷の母。

黄楊才【おうようさい】……楊戒の弟。息子は楊炎《ようえん》。

洪【こう】将軍……青嘉の父の長年の親友。

洪光庭【こうこうてい】……洪将軍の息子。青嘉とは昔からの顔馴染み。

周才人【しゅうさいじん】……後宮に入って間もない、年若い妃の一人。

濤花【とうか】……妓楼の妓女。江良の顔馴染み。

玄桃【げんとう】……妓楼の妓女。江良の顔馴染み。

陳眉娘【ちんびじょう】……反州に流刑にされた雪媛の身の回りの世話をした少女。

姜燗流【きょうかんる】……反州に流刑にされた雪媛を監視していた兵士。

嬌嬌【きょうきょう】……眉娘の従姉妹。

孔東睿【こうとうえい】……燦国出身の少年。衛国公主の身代わりとして女装して輿入れし、瑞燕国の皇后として振る舞う。

衛国【えいこく】公主……燦国の公主。恋人と駆け落ちして行方不明。

白柔蕾【はくじゅうらい】……後宮の妃のひとり。後宮入りしたばかりの雪媛の隣部屋に暮らす。位は才人。

白冠希【はくかんき】……柔蕾の弟。

富豆冰【ふとうひょう】……後宮の妃のひとり。父親の地位をかさに高慢なところがある。位は美人。

鷗頌【おうしょう】……後宮入りしたばかりの雪媛に仕えた宮女。

美貴妃／風淑妃／佟徳妃／路賢妃……雪媛が後宮入りしたばかりの頃、皇后に次ぐ位につき後宮で絶大な権力を握っていた四妃。

シディヴァ……瑞燕国北方を支配する遊牧民クルムの左賢王（皇太子）。
ユスフ……シディヴァの右腕であり夫。
オチル……クルムのカガン（皇帝）。シディヴァの父。
ツェツェグ……オチルの妃。シディヴァの異母弟アルトゥの母。
アルトゥ……シディヴァの異母弟。
タルカン……クルムの右賢王。オチルの弟。
ナスリーン……オアシス都市タンギラの王女。自称シディヴァの妻。
イマンガリ……オアシス都市タンギラの王。ナスリーンの父。
ツェレン……シディヴァに仕える巫覡。
バル……シディヴァ親衛隊所属の腕利き。
ムンバト……シディヴァ親衛隊の見習いの少年。
バータル……クルムの部族長のひとり。早くからシディヴァ支持を表明している。
モドゥ……オチルに仕える巫覡。
ネジャット……奴隷となった雪媛を買った大富豪。

※この作品はフィクションです。実在の人物・団体・事件などにはいっさい関係ありません。

集英社オレンジ文庫をお買い上げいただき、ありがとうございます。
ご意見・ご感想をお待ちしております。

●あて先
〒101-8050　東京都千代田区一ツ橋2-5-10
集英社オレンジ文庫編集部 気付
白洲　梓先生

集英社
オレンジ文庫

威風堂々悪女 11

2023年2月21日　第1刷発行

著　者　白洲　梓
発行者　今井孝昭
発行所　株式会社集英社
〒101-8050東京都千代田区一ツ橋2-5-10
電話【編集部】03-3230-6352
【読者係】03-3230-6080
【販売部】03-3230-6393（書店専用）
印刷所　大日本印刷株式会社

ISBN 978-4-08-680489-9 C0193

悪女
【漫画】蔀シャロン
【原作】白洲梓
雪媛が、
改めて歓迎する
王青嘉
私が柳雪媛だ
青嘉が、
どうしてこうなるんだ…
のっさ
ここは足場が悪いからな
適当に寺まで歩け
のっさ
で好評配信中！